W9-BKF-304

Disney

Relatos de 3 Minutos

Cuentos de Winnie Pooh

Portada ilustrada por Gil DiCicco
Reloj ilustrado por Renée Graef y Gil DiCicco
Traducción: Arlette de Alba

Louis Weber, C.E.O.
Publications International, Ltd.
7373 North Cicero Avenue
Lincolnwood, Illinois 60712

Ground Floor, 59 Gloucester Place
London W1U 8JJ

Servicio a clientes: 1-800-595-8484 o customer_service@pilbooks.com

www.pilbooks.com

Fabricado en China.

8 7 6 5 4 3 2 1

ISBN-13: 978-1-4127-6125-3
ISBN-10: 1-4127-6125-5

CONTENIDO

Un dulce riesgo

Escrito por Lynne Roberts
Ilustrado por los Artistas de Libros de Cuentos de Disney

Una mañana, mientras Winnie Pooh hacía sus ejercicios de robustecimiento, sintió retumbar su barriga.

"Oh, vaya", dijo Winnie. "Mi barriguita me está diciendo algo."

Después de pensar, pensar y pensar, Winnie se dio cuenta de que su barriga le decía que quería comer algo. "Lo mejor que le puedo dar a mi barriguita retumbona es miel, por supuesto", pensó el Osito.

Winnie Pooh fue a su alacena, pero sus ollas de miel estaban vacías. "Debo encontrar un poquito de miel para apaciguar a mi pobre barriguita", dijo.

Winnie Pooh se internó por el Bosque de los Cien Acres, y su barriga lo condujo en busca de miel.

"¿Dónde puedo encontrar miel para mi barriguita?", se preguntaba Winnie. Y en ese momento, vio una abeja. La abeja pasó volando justo frente a la nariz de Winnie. "Esa abeja me guiará hasta la miel."

Winnie Pooh siguió a la abeja hasta un árbol muy alto, y vio que la abeja entraba volando por un agujero. La barriga de Winnie dio un pequeño vuelco, porque sabía que había miel cerca.

"La miel debe estar en ese agujero", le dijo Winnie a su barriga, y luego empezó a trepar por el árbol. Subió y subió, pero era algo robusto para esa ramita del árbol.

Winnie escuchó un *criic.* Después, escuchó un *craac.* Y luego empezó a caer. El pobre Winnie se cayó de ese árbol tan alto.

"Oh, cielos", exclamó Winnie, quitando el polvo de su peluche. Y después, tuvo una sensación familiar: su barriga dio un pequeño vuelco de hambre. "Tú, otra vez", dijo Winnie. "Debo pensar en otra manera de llegar a la miel de ese árbol."

Winnie sabía que la mejor manera de pensar era estando de pie, así es que empezó a caminar... y a pensar. Mientras Winnie caminaba y pensaba, comenzó a tararear una cancioncilla sobre la miel. Caminó y tarareó hasta que se encontró en un lugar muy agradable.

"¡Hola!", dijo Winnie al toparse con Christopher Robin, Cangu, Rito, Igor y Búho. Estaban jugando con los juguetes de Christopher Robin.

"¡Hola, Winnie!", dijeron sus amigos. "¿Saliste a caminar? ¿A dónde vas?"

Winnie Pooh lo pensó por un instante. No podía recordar por qué estaba caminando. Y entonces sintió su barriga de nuevo: *poc, poc, poc*. "Mi barriguita y yo estamos buscando un poco de miel", dijo Winnie.

Winnie Pooh les contó a sus amigos acerca del árbol altísimo, de la miel y de la rama rota.

"¡Podemos ayudarte!", dijo Cangu.

Todos pensaron que era una gran idea, especialmente la inquieta barriga de Winnie.

"La ramita del árbol era demasiado pequeña para un oso tan robusto", dijo Búho. "Pero tal vez puedas volar hasta la miel."

A Winnie le gustó esa idea. Estiró sus brazos para volar... y cayó en un charco de lodo. Se sintió muy lodoso y muy, pero muy hambriento.

"Los osos no pueden volar, Winnie", dijo Christopher Robin, "pero los globos sí". Y le mostró a Winnie Pooh el globo azul que había traído de una fiesta.

Winnie y sus amigos caminaron por el Bosque de los Cien Acres y encontraron el árbol de miel. Con el globo azul, Winnie flotó hasta el agujero del árbol, alcanzó la miel y sacó un poco. Winnie se convirtió en un oso muy pegajoso y muy elevado en el aire.

"¡Hurra!", gritó Winnie, lamiendo la miel de su pata. "Mi barriguita está muy agradecida."

Mientras Winnie alimentaba su barriga, escuchó un ruido muy curioso. Era un sonido nuevo, no un ruido de su barriga. Comenzó como un zumbido bajo, y pronto se convirtió en un fuerte zumbido. Winnie pensó en la abeja que lo guió hasta el árbol.

Del árbol salieron muchas abejas zumbadoras. Eran tantas, que empujaron a Winnie y a su globo azul por el aire.

"Espero que las abejas sepan el camino a mi casa", dijo Winnie, mientras navegaba por el Bosque de los Cien Acres en el globo azul.

Una aventura natural

Escrito por Lynne Roberts
Ilustrado por DiCicco Studios

Era un día bastante rebotador en el Bosque de los Cien Acres. "Este es un tipo de día especialmente atiggerado", dijo Tigger. "Es un día hecho para rebotar. ¡Y rebotar es lo que los tiggers hacen mejor!" Y pensando eso, Tigger partió hacia lugares donde nunca antes había rebotado.

Al poco rato, Tigger llegó a un claro en el Bosque y vio un pequeño estanque azul. Él no sabía si los tiggers nadaban, pero rebotar por ahí para mirar el agua no le haría daño. Tigger se quedó en la orilla del estanque.

Tigger escuchó un sonido. Parecía un rebote, pero terminaba en un acuoso *plop*. Y entonces vio tres ranas verdes que saltaban en el estanque.

"¡Holaaa, allá!", exclamó Tigger.

Las ranas croaron de una manera muy graciosa mientras saltaban, y Tigger se rió. Le gustaban las ranas y sus rebotes, así que rebotó hacia el agua. Su cola tocó algo mojado, ¡y Tigger retrocedió de un rebote!

"Los tiggers necesitan rebotar en tierra", les dijo a las ranas. Luego se despidió y se fue rebotando. Tigger deseaba conocer a otros simpáticos animales del Bosque.

Enseguida, Tigger se topó con su mejor amigo, Winnie Pooh. Winnie estaba mirando un arbusto con mucha atención.

"¡Holaaa, Winnie!", dijo Tigger.

"Hola, Tigger", contestó Winnie. "Estaba buscando un poco de miel y encontré esta oruga en el arbusto."

En ese momento, pasó volando una mariposa.

"Christopher Robin me dijo que las orugas se convierten en mariposas", dijo Winnie. "Como ésa."

"Parece que volar es casi tan divertido como rebotar", dijo Tigger. "Y hablando de rebotar..." Tigger se alejó rebotando por el Bosque.

Tigger rebotó directo a la casa de Conejo. Conejo se hallaba en su huerto, pero no estaba plantando ni regando. Tigger se inclinó para ver lo que su amigo estaba haciendo.

"Holaaa, Conejo", dijo Tigger. "¿Necesitas ayuda con tu huerto?"

"Tengo un ayudante en el huerto", dijo Conejo. "¿Ves esa araña en su telaraña?"

Los dos miraron a la araña y su telaraña, y Conejo le contó a Tigger que las arañas tejen sus telarañas para atrapar comida.

"¡La telaraña es como el huerto de la araña!", dijo Tigger, y luego se alejó rebotando por el Bosque.

Tigger se divertía rebotando. Rebotó y rebotó hasta que llegó al puente del arroyo. Piglet estaba en el puente, mirando el agua.

"¡Holaaa, Piglet!", dijo Tigger. "¿Vas a nadar?"

Piglet se rió y señaló el arroyo. "No", dijo. "Estoy viendo cómo nadan esos patos."

Tigger miró a los patos, y los vio bucear bajo el agua. Después, nadaron por el arroyo. Parecía que los patos se estaban divirtiendo mucho.

"Esos patos olvidaron ponerse sus gorras de natación", dijo Tigger.

Piglet soltó una risita y le dijo que los patos no necesitaban gorras, porque estaban acostumbrados a nadar en el agua.

"Los patos tienen plumas que los mantienen secos en el agua", dijo Piglet, y después le contó a Tigger acerca de las patas de los patos. Los patos tienen unas patas palmeadas especiales para impulsarse por el agua.

"¡Las plumas y sus patas palmeadas hacen que los patos sean los mejores nadadores!", dijo Tigger.

Tigger y Piglet observaron cómo los patos se deslizaban por el agua. "Nadar parece casi tan divertido como rebotar", dijo Tigger. "Yo tengo una cola especial que me ayuda a rebotar. ¡Mira!" Y Tigger comenzó a rebotar de nuevo. Empezó a rebotar tanto que se fue alejando de Piglet.

Piglet también quería rebotar. "¡Espérame!", gritó. Piglet y Tigger rebotaron hacia el Bosque, y se despidieron de los patos.

Tigger y Piglet se estaban divirtiendo mucho, rebotando por el Bosque de los Cien Acres. Pero los piglets no están hechos para rebotar como los tiggers. Al poco rato, Piglet empezó a cansarse de rebotar.

Cuando Piglet se detuvo para descansar, escuchó ruidos en lo alto de un árbol. Parecía una canción. "¡Tigger!", exclamó Piglet. "¿Oyes que alguien canta?"

Tigger dejó de rebotar y escuchó con atención. "Parece un pájaro", dijo. Piglet y Tigger miraron a lo alto del árbol y vieron una familia de pajarillos azules en un nido. La mamá les estaba cantando a sus bebés. Y los pajaritos cantaban alegremente con ella.

"Cantar parece casi tan divertido como rebotar", dijo Tigger, así que él y Piglet trataron de cantar también.

"Creo que no conozco esa canción", dijo Piglet.

Tigger le dijo a Piglet que cada pájaro canta su propia canción especial. Era difícil recordar cómo iba la canción de cada pájaro.

"¡Qué día tan ajetreado y rebotador!", dijo Tigger. "Vi muchos animales con muchas especialidades." Tigger le contó a Piglet acerca de las ranas, la oruga, la mariposa y la araña que vio en su rebotadora aventura.

"Y aunque parece muy divertido nadar, volar y cantar", dijo Tigger, "me gusta hacer lo que los tiggers hacen mejor: ¡rebotar!"

Piglet se rió y miró cómo su simpático y rebotador amigo rebotaba por todas partes.

Haciendo preguntas

Escrito por Lynne Roberts
Ilustrado por Dean Kleven

Rito tuvo un día muy entretenido en el Bosque de los Cien Acres. Había jugado Varitas de Winnie y recolectado bellotas. También había fingido que era el Valiente Capitán Rito, que cazaba efelantes y guartas y jagulares.

"No le temo a nada", dijo Rito, blandiendo una enorme vara por los aires.

Pero comenzó a hacerse tarde, y el pequeño Rito comenzó a sentirse cansado. Bostezó y soltó la vara.

"Los efelantes y guartas y jagulares tendrán que esperar hasta mañana", dijo bostezando con más fuerza que antes. Se frotó los ojos. Era hora de regresar a casa.

"Ha sido un día muy divertido", pensó Rito. "Espero ver a mis amigos de camino a casa, para desearles buenas noches."

De camino a casa, Rito vio a Winnie Pooh. Winnie estaba disfrutando su miel de la tarde, y Rito se sintió feliz de ver una cara amistosa.

"Hola, Rito", dijo Winnie, con la pata en la olla de miel y la boca llena de miel.

"Hola", bostezó Rito. "Voy a casa. Pasé el día muy ocupado cazando efelantes y guartas y jagulares." Rito entrecerró los ojos para mostrarle a Winnie su cara más valiente.

"Oh, oh", dijo Winnie. "Debes estar cansado."

"Tengo un poco de sueño", admitió Rito. "¿Me cuentas un cuento para dormir?"

Pooh trató de explicarle que estaba ocupado con su cena, pero su boca estaba demasiado llena de miel. Rito se cansó de esperar y siguió su camino a casa.

Al poco rato, Rito vio a Igor, que parecía estar esperando algo. Rito saltó hasta él para saludarlo.

"Está oscureciendo", dijo Igor con tristeza.

"Sí, ya es tarde", dijo Rito. "He estado cazando efelantes y guartas y jagulares, y se me fue el tiempo." Trataba de sonar importante.

"Oh, vaya", dijo Igor. "Sin duda está oscureciendo muy rápido. Yo siempre miro cómo oscurece."

Rito volvió a bostezar. La melancolía de Igor le estaba dando más sueño.

"¿Me cuentas un cuento para dormir, Igor?", le pidió.

"No puedo perderme el anochecer", dijo Igor.

Entonces, Rito decidió que estaría mejor en casa que sentado en la oscuridad con Igor, así que se despidió y siguió su camino.

Muy pronto, Rito pasó por la casa de Conejo. Conejo estaba en su huerto, porque le gustaba trabajar en el fresco del anochecer. Rito lo saludó.

"Me hubiera encantado ayudar", dijo Rito, "pero estuve muy ocupado cazando efelantes y guartas y jagulares".

"Sí, sí", dijo Conejo. "Es agradable cazar. Pero a mí me gusta cultivar mi huerto."

"Ya es tarde y tengo sueño, Conejo", dijo Rito. "¿Me cuentas un cuento para dormir?"

"Nunca es demasiado tarde para cultivar", dijo Conejo y siguió trabajando. Rito vio que Conejo estaba demasiado ocupado como para contar cuentos.

Rito volvió a bostezar, se despidió de Conejo y comenzó a caminar hacia su casa. También se estaba cansando de caminar.

Rito estaba tan cansado, que pensó que estaba viendo visiones. Algo anaranjado y rebotador captó su mirada. ¿Había encontrado a los efelantes y las guartas?

Tan sólo era Tigger, que salió rebotando de un árbol. "¡Holaaa, Rito!", dijo Tigger.

Rito estaba muy contento de no haber encontrado a los efelantes y guartas que había estado buscando. Estaba feliz de haber encontrado a Tigger en su lugar.

Rito le contó a Tigger de su día ajetreado. Le dijo que estaba muy cansado e iba a casa, y luego le preguntó: "¿Me cuentas un cuento para dormir?"

Tigger se rió. "Tengo una idea mejor", dijo Tigger. "¡Súbete!" Así que Rito saltó a la espalda de Tigger, y él lo cargó hasta su casa.

Cuando llegaron a su casa, Rito le dio las gracias a Tigger por haberlo llevado y se despidió de él. Tigger se alejó rebotando.

Rito corrió al interior. Estaba emocionado de ver a su mamá. En cuanto Cangu lo cargó en sus brazos, se dio cuenta de que Rito tenía mucho sueño.

"Parece que tuviste un día muy ocupado", dijo Cangu. "Siéntate en mi regazo y cuéntame."

Rito comenzó a contarle a Cangu que había jugado Varitas de Winnie, recolectado bellotas y cazado efelantes y guartas y jagulares, pero estaba muy cansado.

"Mamá", dijo Rito, "¿mejor me cuentas un cuento para dormir?"

Cangu le dio a Rito un suave apretón, lo meció y le contó el mejor cuento para dormir que él hubiera escuchado.

Piglet el Magnífico

Escrito por G.F. Bratz
Ilustrado por los Artistas de Libros de Cuentos de Disney

Piglet miraba con orgullo su creación de nieve. "¡Ta-rán! ¡Ya lo terminé!", exclamó. "Es un perfecto Winnie de Nieve. ¡Será una gran sorpresa para Winnie!"

Piglet sonrió de oreja a oreja y se paró en unos zancos para alcanzar la cara de su Winnie de Nieve. Con una de las zanahorias de Conejo, hizo la nariz. Piglet pensó que se veía estupendo, sobre todo porque lo había hecho un animalito tan pequeño.

"Ummm... me pregunto dónde están todos", dijo Piglet mirando a su alrededor. Pero no se veía a nadie en el Bosque de los Cien Acres.

Mientras tanto, los amigos de Piglet se mantenían bien calentitos dentro de la casa de Winnie.

"Me pregunto dónde estará nuestro amiguito", dijo Tigger.

"No lo sé, ¡pero tengo una idea muy buena!", exclamó Winnie.

"¡Puaj! No me gusta la miel", dijo Tigger, seguro de que la idea de Winnie tenía algo que ver con la miel.

"La miel es magnífica", replicó Winnie. "¡Pero también Piglet! Hay que sorprenderlo con un libro de recuerdos de *Piglet el Magnífico.*"

"¿Recuerdan cuando Piglet me salvó?", preguntó Rito.

"¿Y cuando salvó a Winnie?", agregó Conejo.

"Nadie notó que yo lo ayudé", refunfuñó Igor.

"¡Ahh, sí!", le dijo Tigger a Rito. "Estábamos rebotando cerca del río, y le mostraste a Cangu que podrías rebotar igual que yo."

"Yo *puedo* rebotar igual que tú", replicó Rito, "pero no siempre aterrizo en el lugar correcto".

Cangu dijo: "Yo le advertí a Rito que no rebotara cerca del río, pero estaba tan emocionado que rebotó cada vez más cerca, hasta que... *¡plas!* ¡Rebotó y cayó en el río!"

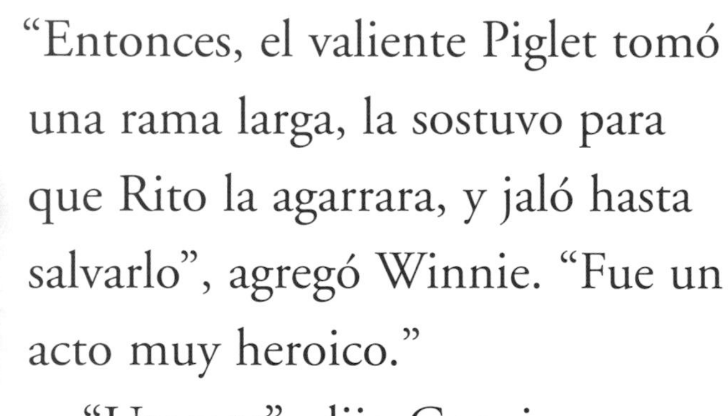

"Entonces, el valiente Piglet tomó una rama larga, la sostuvo para que Rito la agarrara, y jaló hasta salvarlo", agregó Winnie. "Fue un acto muy heroico."

"Ummm", dijo Conejo. "Supongo que no es muy buena idea rebotar cerca de un río... o de un huerto."

"¡Yo también recuerdo cuando Piglet me salvó!", dijo Winnie. Hasta un oso con muy poco cerebro recuerda cuando alguien lo salva.

"Pensé que debía haber abejas de miel en ese viejo tronco. Y me imagino que fue muy tonto de mi parte arrastrarme por él sobre la cascada", recordó Winnie. "Supongo que todo se debe a que la miel me gusta mucho."

A Winnie le dio gusto que Piglet estuviera muy cerca de él. "Fue un acto muy valeroso que un animalito tan pequeño se arrastrara sobre el tronco para sujetarme hasta que el resto de ustedes llegó", dijo Winnie con alegría.

Tigger, Conejo y Rito estuvieron de acuerdo en que Piglet fue muy valiente.

Igor también, pero no pudo evitar preguntar: "¿Nadie notó que yo también ayudé?"

Mientras el invierno se convertía en primavera, Winnie y sus amigos trabajaron con ahínco en su libro de recuerdos de *Piglet el Magnífico*. Hicieron dibujos y escribieron historias. Igor escribió un poema titulado "Piglet, nuestro héroe". Christopher Robin escribió una canción especial para Piglet, y Winnie planeó en secreto otra sorpresa, pero no se lo dijo a nadie.

Casi no podían ocultar su emoción. Una vez, Piglet les preguntó qué era tan emocionante, y Tigger empezó a contarle a Piglet acerca del libro. Pero Conejo lo interrumpió y dijo: "A los tiggers sólo les gusta rebotar."

No era fácil ocultarle su secreto a su amiguito, pero mantuvieron cerradas las bocas y Piglet nunca sospechó nada.

¡Por fin terminaron *Piglet el Magnífico!*

"¿Me acompañas a almorzar?", le preguntó Winnie a su amigo mientras caminaban por el Bosque una mañana. Piglet pensó que eso sería muy agradable, y siguió a Winnie a casa. Cuando llegaron a la casa de Winnie Pooh, Piglet escuchó un fuerte grito: "¡Sorpresa!"

"Oh, cielos", dijo Piglet. "Hoy no es mi cumpleaños."

Winnie se rió, diciendo: "No, ¡pero es un día perfecto para celebrar que eres un gran amigo!"

Cuando le dieron a Piglet su libro de recuerdos, sintió que era muy especial. Nada podría ser mejor ese día. Pero entonces Winnie reveló la última sorpresa: el Rincón de Winnie tenía un nuevo nombre. ¡Ahora era el Rincón de Winnie y Piglet!

Las cosas favoritas

Escrito por G.F. Bratz
Ilustrado por DiCicco Studios

Winnie hundió una pata en su olla de miel y se llevó a la boca otro puñado de dorada miel. “Creo que la miel es mi cosa favorita en todo el mundo”, dijo con la boca llena de pegajosa miel.

“No entiendo por qué no todos aman la miel tanto como yo”, se preguntó, y se dio cuenta de que debería estar agradecido. Si a todos les gustara la miel tanto como a él, entonces no habría suficiente para todos.

Winnie tapó su olla de miel y se dio unas palmaditas en la barriga. Luego decidió ir a buscar a sus amigos del Bosque de los Cien Acres.

Al anochecer, Winnie descubrió a Tigger y a Piglet jugando cerca del huerto de Conejo.

"Tigger", dijo Winnie, "¿qué es lo que más te gusta hacer, aparte de rebotar?"

"A Piglet y a mí nos gusta hacer lo mismo", dijo Tigger. "A ver si adivinas qué es."

Winnie observó que Tigger y Piglet comenzaban a perseguir luciérnagas.

"Qué bonitas son, ¿verdad?", dijo Piglet mientras dos pasaban volando.

"Parecen luces que rebotan", dijo Tigger. "Cualquier cosa que rebote es una cosa favorita de los tiggers."

Winnie se preguntó si las luciérnagas podrían ayudarle a encontrar miel en la oscuridad.

A la mañana siguiente, mientras Winnie Pooh desayunaba miel, se preguntó cuál sería la cosa favorita de Igor. Y llevando consigo su olla de miel, Winnie fue a buscar a su melancólico amigo. Lo encontró en la orilla del río.

"Igor, ¿cuál es tu cosa favorita?", le preguntó.

"No sabía que a alguien le importara", replicó Igor. "Si en verdad quieres saber, me gusta navegar por el río."

Winnie pensó que eso parecía una buena idea, así que llevó su caña de pescar y se embarcaron por el río. El gesto taciturno de Igor pronto se transformó en una sonrisa.

"Supongo que navegar por el río es agradable", admitió Winnie. "¡Es la ocasión perfecta para disfrutar de los amigos y la buena miel!"

De camino a casa, Winnie se encontró con Christopher Robin y Piglet.

"Hola, Osito bobito", dijo Christopher Robin.

"Dime, Christopher Robin", le dijo Winnie, "¿qué es lo que más te gusta hacer?"

"Eso es fácil", contestó Christopher Robin. "Jugar con mis amigos es lo que más me gusta hacer. ¿Por qué no los empujo a ti y a Piglet en el columpio?"

Winnie pensó que era una idea maravillosa.

Pero Piglet no. "Oh, cielos", exclamó. "Lo haré sólo si me sujetas bien firme."

Así que Christopher Robin empujó con fuerza a Winnie y a Piglet. Parecía que sus pies podrían tocar el cielo.

"¡Yupiiii!", gritó Winnie, abrazando a Piglet, que estaba ocupado tapándose los ojos.

Mientras caía la noche comenzó a nevar, y el Bosque de los Cien Acres pronto se volvió una maravillosa tierra invernal.

En casa, Winnie abrió la alacena para comer un poquito de miel y echó un vistazo por la ventana a la luna que brillaba sobre el estanque congelado.

"¡Oh, vaya!", dijo. "¿Quién está patinando en el estanque?"

Cuando llegó al estanque, Winnie vio que Tigger patinaba suavemente por el hielo. "¡Qué buen patinador!", dijo Winnie. "¿Pero no era que a los tiggers les gustaba rebotar?"

"Por supuesto", dijo Tigger. "Pero los tiggers no pueden rebotar en el hielo, así que patinar es lo que más nos gusta hacer en el hielo."

Eso tenía mucho sentido para un oso de muy poco cerebro.

De camino a casa, Winnie se detuvo a ver a Cangu y al pequeño Rito.

"Hola, querido", dijo Cangu. "¿Por qué no nos acompañas a beber chocolate caliente y nos cuentas lo que hiciste hoy?"

Winnie les explicó que había estado observando cómo sus amigos disfrutaban de sus cosas favoritas. "¿Cuál es tu cosa favorita, Cangu?", le preguntó.

"Oh, ¡vaya! Eso es fácil", contestó. "Mi cosa favorita es Rito. ¡Supongo que puedes decir que es mi gotita de miel!"

"¡Entonces los dos tenemos un tipo de miel favorita!", dijo riendo el Oso Winnie.

Un bocadillo antes de dormir

Escrito por G.F. Bratz
Ilustrado por Dean Kleven

Winnie estaba ansioso de que llegara la hora de dormir, sobre todo por la miel que comía antes de acostarse.

"¡Mmm! ¡Mmm!", dijo Winnie, lamiéndose los labios, por si acaso quedaba ahí una pizca de miel. "Creo que no hay nada mejor que un poquito de miel antes de dormir."

"Excepto, claro, un poquito de miel para el desayuno", agregó pensativamente.

"O un poquito de miel en el almuerzo. ¡Oh, cielos! ¡No puedo decidir cuál es mejor!"

Todo esto requería que ese osito de tan poco cerebro pensara mucho.

"Por suerte hay bastante miel esperando en mi alacena", dijo Winnie. "Mientras más pronto me vaya a la cama, más pronto me despertaré", agregó pensativamente. "Y mientras más pronto despierte, ¡más pronto comeré un poco más de deliciosa miel!"

Quizá tuviera muy poco cerebro, ¡pero Winnie era muy inteligente cuando se trataba de miel!

Mientras Winnie se acurrucaba en su cama, se le ocurrió un pensamiento aterrador. El pensamiento era tan aterrador, que el osito casi no podía decir las palabras en voz alta.

"¿Y si n-n-no hay más mi-mi-miel?", tartamudeó. "¿Y si los efelantes se llevaron toda la miel del Bosque de los Cien Acres? ¿Y si las guartas se llevaron a todas las abejas? ¿Y si los jagulares se robaron todas las ollas de miel?"

Pensar qué pasaría si no hubiera más miel hizo que Winnie se preocupara. Si no había más miel, ¿qué iba a hacer?

"¡Ya sé!", exclamó Winnie. "Si no hubiera más miel, Piglet me ayudaría. Después de todo, un oso puede contar con que su mejor amigo lo ayude a encontrar un nuevo bocadillo para antes de dormir", pensó, sintiéndose mejor.

"Sí, eso es. Si no hubiera más miel, Piglet compartiría su leche y sus galletas conmigo."

Mientras más lo pensaba, más se convencía Winnie de que la leche y las galletas sabrían muy bien. Por supuesto, no eran tan buenas como la miel. Pero harían que una barriguita inquieta se sintiera feliz.

De pronto, a Winnie se le ocurrió que quizá Piglet no tuviera suficiente leche y galletas. "¿Qué haré entonces? ¡Piensa, piensa, piensa!", pensó el Oso Winnnie lleno de preocupación.

"¡Ya sé!", exclamó con alegría. "¡Pan de zanahoria! El pan de zanahoria sería un bocadillo razonable. ¡Y Conejo hace el mejor pan de zanahoria del Bosque!"

Winnie estaba algo orgulloso de sí mismo por prever ese desastre en potencia. Si no había más miel, ni suficiente leche y galletas, Winnie caminaría directo a la casa de Conejo, se sentaría a la mesa de su cocina, y comería un poco de pan de zanahoria.

Winnie se sintió mucho mejor con este plan. Seguía prefiriendo la miel, pero, ¿qué puede hacer un oso si los efelantes se llevan toda la miel?

"Oh, ¡qué cosas!", dijo Winnie, preocupado. "¿Y si Conejo no cultiva suficientes zanahorias como para hacer un pan de zanahoria para dos?"

"¡Ya sé! Le preguntaría a Cangu", dijo Winnie. "¡Cangu sí que sabe resolver problemas!"

Winnie se imaginó yendo a la casa de Cangu. Le explicaría lo que sucedió con la miel, la leche y las galletas, y el pan de zanahoria.

"¡Oh, válgame!", diría Cangu. "¡Tu pobre barriguita debe estar muy inquieta! ¿Te gustaría beber una deliciosa taza de chocolate?"

Y Winnie diría: "¡Sí, gracias!"

Entonces, Cangu y Rito compartirían con él una taza de chocolate caliente.

Winnie se sintió mucho mejor, pues sabía que aunque no hubiera miel, o leche y galletas, o pan de zanahoria, encontraría algún alimento para antes de dormir.

Aunque Winnie tenía mucho sueño, se había dedicado con ahínco a pensar, sobre todo siendo un oso de muy poco cerebro. De hecho, por tanto pensar, ¡a Winnie se le había abierto el apetito! Así que se bajó de la cama y corrió a su alacena.

"¡Fíu!", dijo Winnie, respirando con alivio. "¡Qué bueno que toda mi deliciosa miel todavía está ahí para mañana!"

"Pensándolo bien", dijo, "sólo por si acaso los efelantes huyen mañana con toda la miel, y las guartas se llevan a todas las abejas, y los jagulares se roban todas las ollas de miel, ¡mejor comeré un bocadillo extra esta noche!"

"¡La hora de dormir *es* el mejor momento para un poquito de miel!", decidió Winnie, con la boca llena de pegajosa miel.

La verdadera familia de Tigger

Escrito por G.F. Bratz
Ilustrado por DiCicco Studios

Búho contaba los mejores cuentos, y como tenía una familia muy importante, podía compartir muchas aventuras. Tigger y Rito escuchaban fascinados mientras Búho terminaba otra historia.

"Y así, amigos míos", declaró Búho con aires de gran importancia, "fue como heredé este majestuoso reloj de mis ancestros cuando descendieron sobre el Bosque de los Cien Acres".

Tigger pensó por un instante y luego exclamó: "¡Yo tengo una herencia! ¡Quizá los tiggers también tienen familias!"

Rápidamente, Tigger rebotó a casa y Rito lo siguió de cerca. Al llegar, Tigger subió a toda prisa al ático.

"¡Ahí está!", exclamó Tigger, sosteniendo un brillante relicario de oro. "¡Es mi comolollamaré!"

"¿Qué es un comolollamaré?", le preguntó Rito con cara de confusión.

Tigger abrió el relicario. "Es una herencia, Rito, muchacho, con lugar para un retrato de familia. Si tan sólo tuviera un retrato de mi familia..."

Tigger estaba muy emocionado, ansiaba conseguir una foto para su relicario. Pero primero tendría que escribirle una carta a su familia.

"Los invitaré a una fiesta, y nos haremos un retrato para mi comolollamaré", dijo con emoción, y comenzó a escribir.

Cuando Rito les contó a sus amigos acerca de la búsqueda de Tigger, decidieron ayudarle. Buscaron a su familia por todas partes y les preguntaron a todos en el Bosque de los Cien Acres. Pero no encontraron ningún otro tigger.

Tigger esperaba una carta, pero ninguna carta llegó.

Y un día, Rito le preguntó a Cangu con tristeza: “Mamá, ¿dónde está la familia de Tigger?”

“Oh, cariño”, suspiró Cangu. “Me temo que Tigger no tiene familia, pero nosotros lo queremos, así que es como un miembro de nuestra familia.”

De pronto, ¡Rito tuvo una idea! ¡Fingirían ser la familia de Tigger! Búho incluso le escribió una carta a Tigger de parte de su familia.

“Ahora Tigger tendrá una familia”, dijo Rito, y todos sus amigos estuvieron de acuerdo.

¡Era un día afortunado para Tigger! Cuando abrió la carta, casi no podía dejar de rebotar lo suficiente como para leerla.

"¿Qué dice?", preguntó Rito, mientras le guiñaba un ojo a Winnie.

"¡Uuu-juu!", gritó Tigger. "¡Dice que mi familia es exactamente como yo! Lo que mejor hacen es rebotar, y no les gusta la miel ni trepar a los árboles. Nunca se pierden, ¡y van a venir a mi fiesta familiar!"

Cangu y Winnie parecían confundidos.

¡Ups! Búho había escrito que la familia de Tigger vendría a la fiesta.

"¡Fue un plumazo!", pensó Búho. "No quería herir los sentimientos del pobre Tigger."

¿Y ahora qué iban a hacer?

Todos pensaron y pensaron. Winnie se sentó en su Lugar para Pensar, y se le ocurrió una idea. "Nos disfrazaremos de tiggers", les sugirió. Y todos estuvieron de acuerdo en que era una excelente idea para un oso con muy poco cerebro.

Cangu les ayudó a hacer disfraces y máscaras de tiggers. Cuando llegó el día de la fiesta, Tigger se sintió triste porque sus amigos no podrían venir... parecía que todos estaban ocupados. Pero en el instante en que abrió la puerta, se acabó su tristeza.

"Oh, chispas", dijo. El cuarto estaba lleno de globos y serpentinas y, lo más importante, ¡de otros tiggers!

"No rebotan muy bien", dijo Tigger, "excepto el más pequeño. Ése rebota como mi amigo Rito".

Rito estaba tan contento que rebotó… hasta que la máscara de tigger salió rebotando de su cara.

"No eres un tigger", dijo Tigger. "¡Eres un Rito!"

Winnie y los demás se quitaron las máscaras y confesaron lo que habían hecho. Tigger dejó de rebotar y miró al suelo.

"Vamos, vamos, Tigger", dijo Búho. "Levanta esa cara."

Pero Tigger no estaba triste: ¡estaba muy contento!

"¡Oh, chispas!", exclamó. "¡Soy el único tigger con una familia tan especial! Ahora todo lo que necesito es un retrato para mi comolollamaré."

Más tarde, cuando Tigger colocó el retrato en el relicario, reconoció que tenía la mejor familia que un tigger pudiera desear: ¡sus amigos!

Una aventura oscura

Escrito por G.F. Bratz
Ilustrado por DiCicco Studios

Algo le hizo cosquillas en la nariz a Winnie. "¿Qué-qué es eso?", exclamó. Piglet iba corriendo hacia él. El pequeño amigo de Winnie parecía estar persiguiendo algo.

"¡Oh, vaya! Es una mariposa", dijo Winnie, arrugando la nariz cuando el bello insecto aterrizaba. "Bueno, es un hermoso día para revolotear, ¿verdad?"

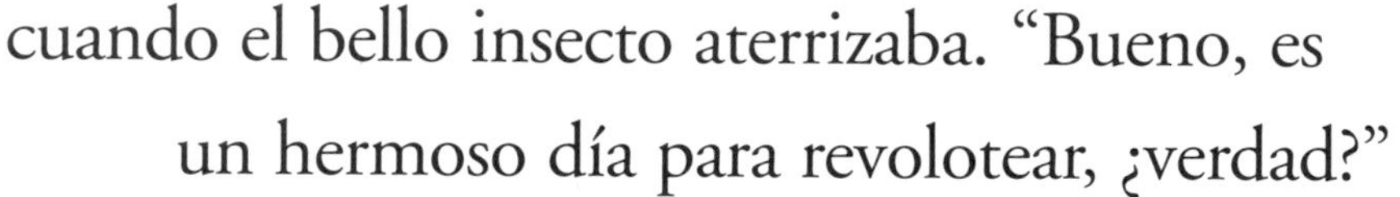

"¿A dónde revoloteará después?", se preguntó Piglet.

"¿Por qué no lo averiguamos?", le sugirió Winnie.

"¡Hurra! ¡Vamos a explorar!", chilló Piglet.

Los dos amigos se pusieron en marcha para seguir a la mariposa por el Bosque de los Cien Acres. La mariposa voló entre los árboles y sobre los arroyos. Winnie y Piglet estaban tan ocupados mirando a la mariposa que no se fijaron por dónde caminaban. Cuando llegó el ocaso, ni Winnie ni Piglet pudieron ver a la mariposa. Su amiga voladora se había ido.

"¿A dónde fue la mariposa?", preguntó nerviosamente Piglet. "¿Y dónde estamos *nosotros*?"

"Quizá voló a casa, con su familia", contestó Winnie, tratando de no sonar muy preocupado. "Supongo que nosotros también deberíamos ir a casa. No podemos estar muy lejos de casa, ¡o de la miel!"

Había pasado mucho tiempo desde que Winnie había comido, y su barriguita estaba inquieta.

Piglet se sujetó con fuerza a la mano de Winnie. Ya era de noche, y los dos tenían miedo de lo que pudiera ocultarse en el Bosque.

De pronto, ¡escucharon un ruido!

"¡Oh, vaya!", gritó Piglet. "¿Qué fue ese ruido?"

"Quizá sea un efelante", susurró Winnie. "No hay que hacer ruido, para que no nos escuche."

"No quiero quejarme", dijo Piglet, "pero tengo miedo".

Pooh apretó aún más fuerte su bastón de caminar y la mano de Piglet, deseando con todo su corazón que Christopher Robin estuviera ahí para encontrarlos.

"¡Oh, cielos!", pensó Winnie. "¿Por qué no nos fijamos por dónde íbamos?"

Ya había pasado la hora de la cena, y sentía *muy* inquieta su barriguita.

Al mirar alrededor, Winnie vio una luz en la lejanía. "Mira, Piglet", dijo, caminando deprisa hacia la luz. "¡Tal vez sea Christopher Robin!"

"Espero que sea una luz amistosa", dijo Piglet preocupado.

Mientras los dos amigos corrían hacia la luz, no vieron uno, sino *dos* rostros conocidos. Las caras amistosas eran de Búho y Conejo. ¡Winnie y Piglet estaban muy contentos de verlos!

Después de escuchar su aventura, Conejo dijo: "Usen mi linterna para encontrar el camino a casa."

"Yo los acompañaré volando", agregó Búho, "para asegurarme de que lleguen".

Winnie y Piglet ansiaban regresar a casa, y con la linterna que iluminaba su camino y Búho volando a su lado, ¡ningún efelante los molestaría ahora!

Cuando se acercaron a casa de Winnie, vieron que Christopher Robin los estaba esperando. Winnie corrió lo más rápido que pudo, y Piglet lo siguió.

"¿Dónde han estado, Winnie?", le preguntó Christopher Robin. "Estaba preocupado por ustedes."

"Yo también me preocupé por nosotros", dijo Winnie.

"Osito bobito", dijo Christopher Robin, dándole un gran abrazo a Winnie Pooh.

Después de una deliciosa cena de miel y chocolate caliente, Winnie y Piglet salieron de nuevo, pero no fueron demasiado lejos. Encontraron un tronco y se sentaron. Ahí, los dos amigos miraron las estrellas que brillaban en el cielo.

"Supongo que hicimos una expedición muy emocionante, ¿verdad?", dijo Piglet.

"Supongo que sí", admitió Winnie. "Pero la próxima vez que vayamos a una aventura, nos aseguraremos de mirar por dónde vamos, y también recordaremos llevar un poquito de miel."

"¿Crees que nuestra amiga la mariposa también se perdió?", preguntó Piglet, acurrucándose bajo el brazo de Winnie.

"No sé", contestó Winnie. "Pero espero que tenga amigos como los nuestros, que le ayuden a regresar a casa."

Trabajo y diversión

Escrito por Kate Hannigan
Ilustrado por DiCicco Studios

Era una época del año de mucho trabajo en el Bosque de los Cien Acres. El verano se había convertido en otoño, y se acercaba el invierno.

"Hay que recolectar estas bellotas cuando caigan de los árboles y así tendremos muchas para el invierno", dijo Winnie.

Piglet comentó: "Me encanta la sopa de bellota."

Winnie dijo: "A mí me gustan con un poco de miel. ¿O sólo me gusta la miel? Oh, vaya, no puedo recordarlo."

En cuanto caían las bellotas, los dos amigos las recolectaban y las ponían en una cesta. Era una tarea pesada, pero se divertían trabajando juntos.

No lejos de ahí, Conejo estaba trabajando en su huerto y cantaba: "¡Lindas zanahorias de color naranja brillante, serán mi comida al dormir y al levantarme!"

A Conejo le gustaba mucho cultivar verduras y empujar su carretilla. Pero lo que más le gustaba eran sus zanahorias.

Mientras arrancaba los relucientes vegetales de la tierra, Conejo pensaba en las cosas que podría cocinar.

"Haré un pan de zanahoria", dijo. "Haré jugo de zanahoria y galletas de zanahoria. ¡Hasta voy a hacer un suflé de zanahoria!"

Conejo no paraba de hablar mientras trabajaba. Estaba tan contento con su huerto que no se dio cuenta de que el sol se ponía en todo el Bosque de los Cien Acres.

Cerca del estanque, Cangu y el pequeño Rito daban un paseo. "¿Qué es esto, mamá", le preguntó Rito, llevándose a la boca una brillante mora roja.

Cangu le dijo a Rito: "Nunca te comas las moras directo del arbusto. Primero tienes que asegurarte de que no te harán daño."

"Pero siempre me dices que debo probar cosas nuevas, mamá", replicó Rito.

Cangu le explicó que es bueno probar cosas nuevas. "Pero yo estoy aquí para ayudarte y que no te hagas daño", agregó.

Rito recordó el último invierno, cuando Cangu le enseñó a patinar en el hielo. Había tenido miedo, pero con la ayuda de su mamá, había aprendido a patinar bastante bien.

"Ayudarte es lo que más me gusta hacer", dijo Cangu dándole un abrazo.

El viento soplaba por el estanque y por todo el Bosque de los Cien Acres, así que Piglet se puso una chaqueta y una bufanda para abrigarse.

"¡Es un día de mucho viento!", exclamó mientras perseguía las hojas caídas.

A Piglet le encantaba el sonido de las hojas crujiendo bajo sus pies. Le encantaba barrerlas hasta formar un gran montón donde él y Winnie pudieran saltar.

"Oh, vaya. Estas hojas siguen escapándoseme", dijo corriendo para un lado y para otro. Piglet les pidió a las hojas que fueran tan amables de quedarse en un solo lugar por un rato.

Trabajó con ahínco para juntar las hojas y cuando terminó, llamó a su amigo Winnie Pooh.

¡Era hora de saltar en el montón de hojas!

Arriba, en la cálida y acogedora casa del árbol de Búho, había té hirviendo en la tetera. Búho se sentó en su mecedora para leer uno de sus libros favoritos.

Había pasado el día poniendo en orden sus libros, empezando por la A hasta terminar en la Z.

"Recuerdo que a mi tío, el gran Búho Octavio, le gustaba ordenar sus libros de la Z a la A", dijo Búho. "Pero esa es otra historia."

Después de un día ocupado en pensar y hablar, a Búho le gustaba tener un rato de silencio para sentarse en su silla y beber una reconfortante taza de té y perderse en su imaginación.

"Nada es mejor que un buen libro", se dijo Búho. "Absolutamente nada."

Justo cuando caía la noche, se desató una fuerte lluvia. Conejo comenzó a correr hacia su casa, pero tropezó con alguien en su huerto.

¡Era Igor, que estaba sentado bajo la lluvia con una rana verde en la cabeza!

"La pobrecilla está asustada", dijo Igor. "No puede encontrar el camino a casa y yo la estoy ayudando."

Igor le pidió a Conejo que los cubriera con un paraguas. "No quisiera que la pequeña se resfriara", dijo.

Y el pobre Igor se empapó mientras ayudaba a la ranita.

Conejo dijo: "Igor, estuviste tan ocupado como todos nosotros. Estuviste ocupado en ser bondadoso."

El visitante nocturno

Escrito por Kate Hannigan
Ilustrado por los Artistas de Libros de Cuentos de Disney

Una noche helada en el Bosque de los Cien Acres, Winnie Pooh estaba cómodamente arropado bajo las mantas de su enorme cama. Estaba bien dormido y roncando, y arrugaba la nariz mientras soñaba.

Winnie estaba muy contento soñando con miel cuando, de repente, se escuchó un *¡pom!*

"¿Qué fu-fu-fue eso?", dijo Winnie, despertando sobresaltado de su sueño. Winnie se estremecía mientras echaba un vistazo por todo el cuarto. Vio sus ollas de miel y su escopeta de corcho justo donde las había dejado. Winnie escuchó otro *pom*, y después un *¡boing!*

"Debe ser un efelante", se dijo Winnie mientras caminaba a duras penas hacia la puerta. "A los efelantes les encanta comer miel, y yo tengo mucha miel."

Sujetando valientemente su escopeta, Winnie los llamó en medio de la noche, pero los efelantes no contestaron.

"Tal vez tienen demasiada hambre para responder", pensó Winnie Pooh. "O quizá son demasiado tímidos."

Pooh volvió a gritar. "Perdón", dijo. "Disculpen, efelantes."

Luego les preguntó si deseaban un bocadillo nocturno. Un poquito de miel a medianoche siempre le proporcionaba dulces sueños.

Todos estos pensamientos de cosas deliciosas hicieron que la barriguita de Winnie Pooh retumbara un poco.

Los sonidos de la barriga de Pooh de pronto se hicieron más ruidosos. Pero antes de que pudiera decir *buu*, ¡Winnie cayó rodando!

"¡Ju, ju, juu, Winnie, muchacho!", exclamó Tigger, rebotando por la puerta y justo sobre el Oso Winnie.

Winnie le preguntó a su amigo qué estaba haciendo.

"Salí a dar unos rebotes nocturnos", dijo Tigger. "A los tiggers les encanta rebotar de noche."

El Oso Winnie suspiró. "No, quiero decir que qué estás haciendo sobre mi barriga", le aclaró.

Tigger se rió y ayudó a su amigo a ponerse de pie. Mientras Winnie se levantaba, le contó a Tigger que lo habían despertado de sus dulces sueños de miel.

Winnie seguía preocupado por los efelantes, pero su barriga no paraba de pedirle algo dulce.

Mientras Winnie buscaba en su alacena la olla de miel más adecuada, Tigger rebotaba detrás de él y le contaba que no había visto ningún efelante en el Bosque.

"Eso es lo maravilloso de los tiggers", decía. "¡Tienen excelente olfato y pueden oler a un efelante a kilómetros de distancia!"

Pero Winnie sabía lo que había escuchado: ¡efelantes!

Tigger dijo que todavía tenía que rebotar más, así que enrolló su cola como un resorte ¡y salió por la puerta con un *pom* y un *boing!*

"Ummm", se dijo Winnie. "Tigger suena muy parecido a un efelante."

Winnie miró cómo su amigo se alejaba rebotando bajo la luz de la luna, y deseó que Tigger hubiera ahuyentado a cualquier efelante. Se estaba sintiendo muy feliz porque su barriguita estaba llena de miel dulce y deliciosa.

"¿Y si los efelantes se llevan mi miel?", se preguntó Winnie. "Yo estaría muy triste y hambriento."

Así que decidió montar guardia... una casa sin miel sería una cosa terrible.

Comenzó a marchar de un lado a otro con su escopeta, y marchó justo frente a su espejo. Como era un oso de muy poco cerebro, Winnie pensó que alguien lo acompañaba.

"Nosotros los osos debemos mantenernos juntos... como la miel", le dijo al espejo.

Winnie montó guardia toda la noche para proteger a sus ollas de miel de los efelantes. De vez en cuando, se asomaba por la ventana.

No vio ningún efelante, y tampoco vio a su buen amigo, Tigger, que rebotaba a lo lejos, cerca de la casa de Piglet.

Winnie no volvió a escuchar otro *pom*, ni otro *boing*. En algún momento, se escuchó un suave *tap, tap, tap,* mientras caía la lluvia por el techo y la ventana. Pero el Oso Winnie ni siquiera escuchó la lluvia.

Winnie había tomado un pequeño descanso de su vigilancia de las ollas de miel y se había quedado dormido.

Su nariz comenzó a arrugarse y una tenue sonrisa se dibujó en su cara. Probablemente, Winnie Pooh tenía dulces sueños.

Un día de patitos

Escrito por Catherine McCafferty
Ilustrado por DiCicco Studios

La primavera regaba el Bosque de los Cien Acres con gotitas y gototas.

"Plop, plop, gotas y gotas de agua, dum di dum, salta, salta, salta", decía Winnie. No pretendía saltar, pero le gustaba cómo sonaba.

"Esa es una buena canción, Winnie", dijo Piglet. Intentaba pensar en una canción pequeñita que él pudiera cantar. "Charcos, charquitos, charcos", cantó.

Winnie volvió a cantar su canción, y luego Piglet cantó la suya otra vez. Después, escucharon que alguien cantaba otra cancioncita.

"Oh, vaya", dijo Piglet, mirando el camino lleno de charcos. "¿Quién está cantando, Winnie?"

"No estoy seguro", dijo Winnie, buscando la fuente del sonido.

Más adelante, en el camino, estaba una cosa pequeña y cantadora.

Winnie miró fijamente durante un buen rato una cosa blanca y redonda que estaba frente a ellos y dijo: "Piglet, creo que eso está produciendo el sonido. Tal vez sea un huevo de efelante."

"*¡Pío!*", dijo el huevo.

El sonido sorprendió a Piglet, que se escondió detrás de Winnie. No sonaba como un efelante, pero no está de sobra tener precaución. Cuando Piglet se asomó, vio un patito.

"¡Hola!", le dijo Winnie.

"*¡Pío!*", contestó el patito.

"Creo que está perdido", dijo Piglet.

"Creo que tienes razón, Piglet", dijo Winnie. "No debemos dejarlo cerca de ese huevo de efelante."

Winnie se puso la capucha, porque eso le ayudaba a pensar, pensar, pensar. Con la capucha puesta, todos sus pensamientos se quedaban más cerca de su cerebro. "Pienso", dijo Winnie, "que debemos pedirle ayuda a alguien. Vamos a hablar con Búho."

Winnie y Piglet encontraron a Búho, que estaba estudiando el árbol genealógico de Conejo en una pizarra.

"Disculpa, Búho", dijo Winnie. "Tratamos de ayudar a nuestro amiguito a regresar a su casa."

"¿Se refieren a todos esos chiquillos?", les preguntó Búho.

Pooh y Piglet miraron abajo: ¡ahora había *cinco* patitos!

Winnie, Piglet y todos los patitos regresaron hasta el huevo de efelante, que era donde habían encontrado al primer patito.

"¡Hola, Winnie y Piglet!", gritó Christopher Robin. "¿Vieron el huevo de pato? Era de uno de sus nuevos amigos. ¿Los están guiando hacia el estanque? El estanque es su hogar."

Christopher Robin siempre pensaba muy bien, hasta sin capucha.

Winnie dijo: "Pues sí, los llevaremos ahí."

"¡Hurra!", dijo Christopher Robin. "¡Veremos un desfile de patitos!"

"Patos y píos, chirpitichip, hasta el estanque, salten así", cantó Winnie.

Winnie no pretendía saltar, pero le gustaba cómo sonaba esa canción. Y el desfile de patitos empezó a marchar, cantando de camino al estanque.

La sorpresa de Winnie Pooh

Escrito por Catherine McCafferty
Ilustrado por Darrell Baker

Winnie Pooh estaba sentado en un tronco, diciendo: "Piensa, piensa, piensa." Luego esperó un poco y volvió a decir: "Piensa, piensa, piensa", esta vez un poco más fuerte.

Pero no sirvió. Winnie no pudo recordar algo que quería recordar. "Tal vez si como un poco de miel, mi cerebrito ayudará más."

Winnie caminó despacio hasta su casa, y antes de que pudiera sacar su miel, vio una sorpresa. "Ahora recuerdo algo", se dijo.

Winnie tenía unos globos de colores para Piglet. Eran una enorme sorpresa para el pequeño amigo de Winnie.

Winnie miró cómo flotaban los globos con la brisa. Parecían tener prisa por encontrarse con Piglet. "Mi querido amigo Piglet estará muy sorprendido", dijo Winnie. "Dirá: '¡Oh, cielos, Winnie!' O quizá: '¡Qué gran sorpresa, Winnie!'"

Winnie no vio a Piglet, que estaba escondido detrás de un arbusto y ya estaba susurrando: "¡Oh, cielos, Winnie!" y "¡Qué gran sorpresa, Winnie!"

Piglet no quería arruinar la sorpresa de Winnie y pensó que si corría lo más rápido posible con sus pequeñas piernas, tal vez podría llegar a casa antes que Winnie.

De pronto, se desató un viento por el Bosque y se llevó los globos.

"¡Regresen!", les gritó Winnie a los globos.

Piglet se asomó entre los arbustos. Los globos habían desaparecido y Winnie estaba muy triste.

"¿Pasa algo malo, Winnie?", le preguntó Piglet.

"Oh, Piglet", dijo Winnie. "He perdido una sorpresa para un amigo. Era algo redonda y flotadora... y ahora es simplemente voladora."

"Quizá Búho pueda ayudarnos a encontrarla", dijo Piglet.

Pero Búho no había visto ninguna sorpresa algo redonda, flotadora y voladora.

"Eso me recuerda cuando mi tatarabuela quedó atrapada en una carrera de globos aerostáticos", dijo Búho mientras Winnie y Piglet continuaban su búsqueda.

La siguiente parada fue en el huerto de Conejo. "Las únicas cosas algo redondas que hay aquí son mis repollos", dijo Conejo. "Pero estoy seguro de que no flotan ni vuelan, Winnie", agregó. "No, a menos que Tigger ande cerca."

En ese instante, algunas cosas volaron por el cielo, y Piglet y Winnie las siguieron a toda prisa.

Sin dejar de mirar al cielo, Winnie y Piglet llegaron a la casa de Cangu y Rito. Ahí, Rito saltaba y saltaba, señalando el cielo. "¡Mira, Winnie! ¡Mira, Piglet!", exclamó. "¡Las hojas están volando!"

Mucho más allá de las hojas, Winnie vio un globo púrpura y un globo verde que flotaban por ahí.

"¡Vamos, Piglet!", dijo.

Se despidieron de Rito y corrieron detrás de los globos flotantes.

RITO

CANGU

Los globos volaron hasta el arroyo, donde Winnie y Piglet encontraron a Igor.

"Estoy aquí porque el viento volvió a derribar mi casa", dijo Igor. En ese momento, los globos bajaron sobre el pobre y melancólico Igor.

"Igor", comenzó a decir Winnie, "esos globos eran una sorpresa algo redonda y flotadora para un amigo".

"Linda sorpresa, Winnie", dijo Igor. "Mucho mejor que la de que mi casa se viniera abajo." Y esbozó una sonrisa algo redonda y sintió que algo flotaba en su interior.

Y quizá esa fue la mejor sorpresa de todas.

Hogar, dulce hogar

Escrito por Lora Kalkman
Ilustrado por Dean Kleven

Winnie Pooh estaba pensando en la miel mientras caminaba por el Bosque de los Cien Acres. A Winnie le encantaba la miel. Le encantaba remojar pan en miel. Le encantaba remojar galletas en miel. Winnie no podía parar de pensar en la miel.

De pronto, escuchó el chirrido de un grillo y se detuvo para buscarlo, pero el grillo había desaparecido. Winnie estaba a punto de reemprender su caminata, pero había olvidado a dónde se dirigía.

"Oh, vaya", se dijo Winnie. "Sé que me dirigía a alguna parte. Piensa, piensa, piensa."

Aunque lo intentó con todas sus fuerzas, Winnie no pudo recordar a dónde se dirigía. Ya había comido unas deliciosas galletas con miel en la casa de Cangu y Rito. Había visitado a Piglet y salido a explorar. Incluso había ayudado a Igor a colocarse su cola otra vez. Ahora no sabía hacia dónde ir.

Comenzó a caer la noche en el Bosque de los Cien Acres, y Winnie estaba un poco asustado, así que decidió pensar en cosas alegres para no sentir temor. Winnie pensó en sus amigos.

Pensó en Búho, a quien le encantaban los libros grandes y los cuentos largos. "Búho es sabio", dijo Winnie. "Me pregunto qué haría él en esta situación."

Winnie esperó pacientemente a que le llegara algún pensamiento. De pronto, uno llegó.

"Ya sé", dijo Winnie. "Búho buscaría algo notable, alguna cosa que hubiera visto antes. Algo notable me ayudará a recordar a dónde voy."

Winnie miró a su alrededor y se fijó en un árbol muy alto con frondosas hojas verdes. Había una piedra cerca del tronco del árbol, y el enorme árbol daba una sombra gigantesca.

"Ummm. Creo que he visto esa sombra antes. Y sé que esa piedra me parece conocida", pensó Winnie. "Sé que me dirigía a algún lugar. Piensa, piensa, piensa."

Y así, pensando sus pensamientos, Winnie reemprendió la marcha.

No había ido muy lejos cuando llegó a un campo abierto, pero aún no podía recordar a dónde se dirigía. Una fuerte brisa sopló por el Bosque de los Cien Acres y Winnie se asustó un poco, así que nuevamente trató de pensar en cosas alegres.

Se desprendían hojas de los árboles cercanos, y se arremolinaban y rebotaban en la brisa. Las hojas que rebotaban hicieron que Winnie pensara en Tigger.

"Sé que me dirigía a alguna parte. Piensa, piensa, piensa", pensó Winnie. "Me pregunto qué haría Tigger en esta situación." Winnie esperó pacientemente a que le llegara un pensamiento. De pronto, uno llegó.

"Ya sé", dijo Winnie. "Tigger se aventuraría por el campo." Así que Winnie emprendió la marcha con un rebote.

Al poco rato, la nariz de Winnie empezó a cosquillear. "Algo huele delicioso", pensó. Buscó por los alrededores y descubrió a Conejo, que estaba asando malvaviscos en una fogata.

"Hola, Winnie", dijo Conejo. "Es una noche espléndida para hacer una fogata. ¿Quieres malvaviscos?"

Mientras asaban los malvaviscos, Winnie intentó recordar a dónde se dirigía.

"Debo estar en el camino correcto", pensó Winnie, "porque he visto esta fogata antes".

Winnie le dio las gracias a Conejo y se despidió. Con la barriga llena de malvaviscos tibios, Winnie continuó su camino, diciéndose: "Sé que me dirigía a algún lado. Piensa, piensa, piensa."

Winnie pasó por un arroyo burbujeante y por un seto de flores. Saltó un arbusto de moras silvestres y un tronco hueco. "Sí, sí. Ahora debo estar cerca", dijo Winnie, porque frecuentemente se sentaba en el tronco y comía moras de ese arbusto.

Aunque el Bosque de los Cien Acres aún estaba oscuro y con viento, Winnie no tenía miedo, porque todo le parecía familiar. Y en efecto, cuando Winnie dio vuelta en la siguiente esquina, tuvo a la vista su dulce hogar.

Winnie abrió la puerta y entró. Se sentó en su cómodo sillón y sonrió. "Hogar, dulce hogar", suspiró. "Debí haber sabido que todo el tiempo me dirigía acá."

¡Es tu turno!

Escrito por Guy Davis
Ilustrado por Darrell Baker

Piglet corrió hacia su mejor amigo, Winnie Pooh, y le dijo, emocionado: "¡Vamos a jugar al escondite!"

"Qué gran idea, Piglet", contestó Winnie. "¡Hoy es un día espléndido para jugar al escondite!"

En efecto, era un día espléndido en el Bosque de los Cien Acres. Pero no todo era ideal...

"¡Yo primero!", dijeron los dos amigos al mismo tiempo, pues ambos querían ser los primeros en buscar el escondite perfecto.

Winnie y Piglet se quedaron mirándose uno al otro, porque ahora no sabían qué hacer. Winnie Pooh pensó y pensó: "¿Qué haría Christopher Robin?"

Por fin, se le ocurrió una idea y dijo: "Ya sé lo que podemos hacer: ¡tomaremos turnos!"

"Tú siempre haces lo correcto, Winnie", dijo Piglet.

"Hago lo que Christopher Robin haría", dijo Winnie.

"¡Uu-ju-juu!", exclamó Tigger al salir rebotando de detrás de un árbol. "¿También yo puedo jugar, muchachos?"

"Tomaremos turnos. Ustedes dos se esconden primero", dijo Piglet, y mientras contaba hasta diez, Winnie Pooh y Tigger saltaron detrás del mismo árbol.

"¿Qué haría Christopher Robin?", se preguntó Winnie, y luego dijo: "¿Por qué no te quedas en este escondite, Tigger? Yo buscaré otro."

"Tú puedes esconderte aquí, Winnie", respondió Tigger. "Yo buscaré otro árbol."

Y mientras se alejaba rebotando, Tigger le sonrió a Winnie. "¡Tomar turnos es lo que los tiggers hacen mejor!"

Ese mismo día, más tarde, Winnie estaba paseando a la orilla del arroyo. De pronto, vio algo extraño: Igor estaba dejando caer algo del puente, y luego corría por la orilla del arroyo para volver a atraparlo.

"Igor, quizá yo sea un oso de muy poco cerebro, pero ¿exactamente qué estás haciendo?", le preguntó Winnie Pooh.

"Bueno, Winnie, nadie juega conmigo, así es que estaba jugando yo solo", le contestó Igor. "Estoy dejando caer estas ramitas en la corriente, y luego corro para atraparlas antes de que se vayan flotando."

"¡Estás jugando a las Varitas de Winnie!", dijo el Osito. "¿Puedo jugar contigo? Tú puedes empezar."

"Gracias, Winnie", replicó Igor. "Eres un compañero de verdad."

Más tarde, Winnie pensó que había escuchado a alguien más y fue a buscarlo por el Bosque. Winnie encontró a Rito sentado en el suelo al lado de un columpio.

"¿Qué sucede, Rito?", le preguntó Winnie.

"Estaba tratando de columpiarme", sollozó Rito, "y me caí. Supongo que no soy suficientemente grande".

"¡Qué cosas!", exclamó Winnie. "Sólo necesitas que alguien te empuje. Salta de nuevo al columpio, ¡y yo te empujaré!"

"¿Lo harás?", exclamó Rito, saltando rápidamente al columpio. "¡Oh, gracias, Winnie!"

Recordando sus buenos modales, Rito le preguntó a Winnie: "¿Quieres columpiarte también?"

"Primero tú", dijo Winnie.

Al poco rato, el día espléndido del Bosque de los Cien Acres se convirtió en una noche espléndida. Winnie y Piglet observaron la puesta del sol y luego miraron la danza de la luna y las estrellas destellantes en el cielo nocturno.

De repente, una estrella fugaz atravesó rápidamente el cielo.

"Mira, Winnie, ¡es una estrella de los deseos!", exclamó Piglet. "¡Rápido, pide un deseo!"

Winnie le sonrió a su amiguito. "No, estamos tomando turnos, ¿lo recuerdas? Pide tu deseo primero."

"Pero te toca a ti", dijo Piglet. "Pide un deseo primero."

"Tengo una idea", dijo Winnie. "Creo que ya sé lo que Christopher Robin haría."

Y así, los dos amigos le pidieron juntos un deseo a la estrella fugaz.

¡A volar!

Escrito por Guy Davis
Ilustrado por los Artistas de Libros de Cuentos de Disney

El viento aullaba por el Bosque de los Cien Acres con un poderoso *¡FUUUSH!*

"Vaya, vaya", dijo Piglet. "¡Qué día tan airoso es éste!"

En efecto, era un día muy airoso en el Bosque de los Cien Acres. Los árboles se inclinaban con el viento y las hojas se arremolinaban por todas partes.

"Mira todas esas hojas en mi jardín", exclamó Piglet. "¡Debo barrerlas!"

Y sujetando su escoba, salió corriendo y comenzó a barrer las hojas. De pronto, ¡una gran ráfaga de viento barrió a Piglet alejándolo de ahí!

Winnie Pooh también estaba asombrado por ese día tan airoso. Iba de camino a la casa de su amigo Piglet, y tarareaba alegremente. Pero al poco rato se distrajo con las hojas de colores que se arremolinaban en ese día de tanto viento.

"Mira todas esas hermosas hojas que pasan volando", se maravillaba Winnie. Podía ver hojas doradas y hojas rojas y hojas anaranjadas y... ¡a Piglet!

"¿Piglet?", repitió Winnie, frotándose los ojos. "¿Tú eres el que anda volando?"

"Pues sí, Winnie, soy yo", gritó el pequeño Piglet. "¡Auxilio!"

Los dos amigos intentaron sujetarse de las manos del otro, pero el viento los separó. Winnie Pooh se las arregló para agarrar una parte de la bufanda de Piglet. Por desgracia, ¡la bufanda comenzó a deshilarse!

"¡Sujétate, Piglet!", le gritó Winnie Pooh a su amiguito.

"No te preocupes", replicó Piglet, aferrándose al otro extremo de su bufanda. "¡Lo haré!"

Winnie miró a su amigo que volaba muy alto en el cielo. "Ummm, es casi como volar una cometa. ¡Es una cometa de Piglet!", pensó Winnie. Pero tal vez a Piglet no le hiciera gracia, así que decidió no decírselo.

Winnie se sujetaba con fuerza, pero el viento se hizo más y más fuerte. Y muy pronto, ¡Winnie Pooh se encontró volando junto con Piglet!

"¡FUUUSH!", aullaba el viento. Mientras el viento se hacía más fuerte, los dos amigos se elevaron cada vez más, y más lejos.

Mirando hacia abajo, Winnie Pooh dijo: "Así que esto es lo que siente una cometa." Winnie Pooh y Piglet pasaron flotando cerca de la casa de Cangu, después flotaron sobre el huerto de Conejo y luego volaron sobre el lugar de Igor.

Piglet miró hacia delante y se dio cuenta de que se acercaban a la casa de Búho. Winnie también lo notó.

"Ummm, tal vez si me inclino así y giro un poco así, podremos aterrizar en el balcón de Búho", gritó Winnie, y era un pensamiento muy bueno para un oso de poco cerebro.

"Buena idea", gritó Piglet. "Espero que funcione."

Y con un *¡CATAPLÚN!*, aterrizaron.

Pero el plan de Winnie no funcionó exactamente de la manera en que había pensado: los dos amigos rebasaron el balcón de Búho por un poco.

Búho levantó la mirada de su libro y se asombró al ver que Winnie Pooh y Piglet se asomaban con las caras aplastadas contra su ventana.

"¡Miren quién cayó por aquí!", gorjeó Búho.

Búho abrió su ventana, y los dos amigos cayeron de golpe en el piso.

"Vengan a tomar el té", dijo Búho.

"Gracias por salvarnos, Búho", dijo Piglet. "Si no fuera por ti, ¡habríamos salido volando del Bosque de los Cien Acres!"

"Y gracias, Winnie, por salvarme primero", agregó Piglet. "¡De no ser por ti, el viento me habría llevado!"

"Y digo, este es un día airoso de lo más peculiar", dijo Búho. "Me recuerda la época..."

Antes de que Búho pudiera contar su historia, el airoso viento aulló más fuerte que nunca, y la casa de Búho se estremeció mientras el árbol crujía y se inclinaba a un lado.

"Oh, cielos", dijo Piglet.

"¡Sujétense todos!", exclamó Winnie Pooh, cuando el árbol se enderezó de nuevo.

Finalmente, el viento tormentoso se calmó y Winnie dijo: "¡Nunca había visto un día tan airoso!"

"¡Y yo espero no volver a ver un día tan airoso nunca!", agregó Piglet.

Tigger vigila los sueños

Escrito por Guy Davis
Ilustrado por Dean Kleven

Nuestra historia comienza una noche de suave brisa en el Bosque de los Cien Acres. Tigger y Winnie Pooh escuchaban un poema que Christopher Robin les leía, titulado "El Señor de los Sueños". Esto era lo que decía:

El Señor de los Sueños
no hace más que bajar y subir
por todo el tranquilo pueblo
en camisa de dormir.
Son las ocho, ya ha oscurecido,
y él se asoma por las ventanas
a ver si todos sus amigos
ya están dormidos en sus camas.

Más tarde, esa misma noche, Winnie se estaba preparando para dormir. Se lavó la cara y se puso su pijama.

"Hoy lo pasé bien escuchando los cuentos de Christopher Robin", pensaba Winnie, "sobre todo la historia de ese Señor de los Sueños".

Winnie Pooh pensó que había escuchado una risita en el exterior. "Esa risita suena como la risita de un tigger", se dijo.

Winnie miró por la ventana. "No", dijo, mientras miraba por todas partes. "No hay tiggers afuera."

Arropándose bien con sus mantas, Winnie Pooh se sonrió. "Tigger no andaría paseando por aquí. Debe estar dormido en casa."

Pero cuando Winnie se quedó dormido, Tigger se asomó por la ventana y le susurró a su amigo: "Buenas noches, Winnie, muchacho."

Tigger estaba actuando como el Señor de los Sueños. ¡Quería asegurarse de que todos en el Bosque de los Cien Acres estuvieran dormidos!

Enseguida, Tigger se dirigió a la casa de Cangu y Rito. Primero tocó en la ventana y luego se asomó por la cerradura, y después...

Cangu abrió de repente la puerta de su casa "¡Tigger!", exclamó. "¿Pero qué estás haciendo?"

"Yo-yo sólo estoy vigilando a mi amiguito Rito", dijo el sorprendido Tigger.

"Silencio, Tigger", le recordó Cangu. "Como puedes ver, Rito está dormido."

"Buenas noches, muchachito", susurró Tigger. "¡Es divertido fingir ser otro!"

Después, el Tigger de los Sueños decidió ver a su amigo Igor.

Igor roncaba sin parar, y estaba profundamente dormido en su casa hecha de ramas. Es decir, estaba profundamente dormido hasta que Tigger decidió verlo más de cerca. Tigger trepó a la casa de Igor y comenzó a tocar y... *¡CRASH!*

La casa de ramas de Igor se vino abajo con estrépito, ¡y Tigger aterrizó encima de Igor! Rápidamente, Tigger se alejó rebotando, y el pobre Igor despertó sobresaltado.

Mirando su derrumbada casa de ramas, Igor se preguntó: "¿Por qué estas cosas siempre me pasan a mí?" Y después, con un bostezo, se volvió a dormir.

"Buenas noches, burrito", susurró Tigger. "Lamento lo de tu casa."

Toda la noche, Tigger corrió de un extremo a otro del Bosque de los Cien Acres. También confirmó que Piglet y Búho estuvieran durmiendo tranquilos.

"Sólo me falta visitar una casa", pensó Tigger. "Necesito ver si Conejo está dormido."

El Tigger de los Sueños se detuvo en la casa de Conejo y se asomó por la ventana. Vio que Conejo dormía pacíficamente.

Correteando por el huerto de Conejo, Tigger volcó una carretilla llena de zanahorias. Todos los vegetales cayeron con un fuerte ruido.

Conejo estaba tan cansado, que no escuchó el estruendo ni a Tigger, que le dijo: "Buenas noches, Orejotas."

Ahora que todos estaban bien arropados en sus camas, Tigger podía descansar por fin. Había visitado a sus amigos, tocando en sus ventanas y asomándose por sus cerraduras. Tigger sabía que todos los demás estaban dormidos en el Bosque de los Cien Acres.

Había disfrutado su actuación.

"Fue divertido fingir que yo era otro", pensó Tigger. Imaginar que él era el Señor de los Sueños había sido muy divertido, pero él también disfrutaba ser sólo él mismo.

"Ser yo mismo es lo que Tigger hace mejor", dijo Tigger con un bostezo.

"¡Buenas noches, muchacho!", se dijo Tigger en un susurro. Y con eso, se quedó bien dormido.

Una fiesta para Winnie Pooh

Escrito por Guy Davis
Ilustrado por Darrell Baker

Christopher Robin infló otro globo. "Me encanta hacer fiestas", dijo sonriendo. "¡Es una de mis cosas favoritas!"

"¡A mí también me gusta!", dijo Winnie Pooh. "¿Te puedo ayudar?"

"Por supuesto. ¡Puedes ayudarme con estos adornos de fiesta!", contestó Christopher Robin.

Winnie sujetó un extremo de la guirnalda, mientras Christopher Robin clavaba el otro extremo en un árbol.

"Tan sólo me preguntaba... ¿y para quién es esta fiesta?", preguntó Winnie.

"Oh, ya sabes quién", dijo Christopher Robin con una risita.

Cuando los dos amigos terminaron de colgar la guirnalda, Christopher Robin trajo más adornos para la fiesta.

"Ahora puedes ayudarme a repartir las trompetas, Winnie", dijo Christopher Robin. Así que Winnie colocó cuidadosamente una trompeta de fiesta en cada lugar de la mesa.

"Quizá podamos cantar una cancioncita en la fiesta", dijo Winnie. "¡Podríamos tocar 'Porque es un buen compañero' con nuestras trompetas!"

"¡Esa es una idea maravillosa, Winnie!", afirmó Christopher Robin, y los dos amigos decidieron practicar su canción para el invitado de honor.

"¿Y quién dijiste que va a ser el 'Buen compañero'?", preguntó Winnie.

"Oh, ya sabes quién", dijo Christopher Robin.

"¿Ya es la hora de la fiesta?", preguntó Tigger, emocionado.

"Ya casi es hora", contestó Christopher Robin. "Sólo necesitamos ayuda para inflar unos cuantos globos más."

"Déjame ayudar, muchacho", dijo Tigger, rebotando arriba, abajo y por todas partes. "Yo soy bueno con los globos."

Tigger estaba rebotando tanto que hizo que se soltaran dos globos que Winnie Pooh había inflado. El globo azul y el amarillo flotaron perezosamente hacia el cielo.

"Ummm, esto no funcionará", dijo Christopher Robin. "¿Cómo puede ayudarnos Tigger?"

"Podemos atar todos los globos a la cola de Tigger cuando los inflemos", sugirió Winnie Pooh.

"¡Es una excelente idea, Winnie!", dijo Christopher Robin.

Winnie Pooh se sintió muy orgulloso de sí mismo por haber tenido tan buena idea. En ese momento, Piglet se acercó a la mesa con un pastel.

"Aquí está el pastel", dijo Piglet. "Recordé traerlo para ya-saben-quién."

"El pastel siempre es bueno para una fiesta", dijo Winnie.

"Y yo recordé traer la limonada para ya-saben-quién", agregó Christopher Robin.

"Esta fiesta se está poniendo cada vez mejor", dijo Winnie.

"Yo traje miel para ya-saben-quién", dijo Rito.

"Ummm, a ya-saben-quién le gustan las mismas cosas que a mí", dijo Winnie, y al echar un vistazo a la mesa, se dio cuenta de que sus amigos lo miraban con enormes sonrisas en sus caras.

Winnie se levantó de la mesa y caminó hasta Christopher Robin. "Christopher Robin", susurró Winnie, "no estoy seguro de quién será ese ya-saben-quién, pero se parece tremendamente a mí".

"Osito bobito", replicó Christopher Robin, abrazando con fuerza a Winnie. "¡Él eres tú!"

Winnie les devolvió la sonrisa a todos sus amigos. "¿Significa que yo soy ya-saben-quién?"

"¡Así es, Winnie, muchacho!", exclamó Tigger.

"¡Sorpresa!", gritaron los amigos de Winnie.

"Tú eres nuestro invitado de honor", dijo Christopher Robin, riendo. Y todos los amigos comenzaron a cantarle a Winnie.

"Porque es un buen compañero,
porque es un buen compañero,
porque es un buen compañero,
¡y nadie lo puede negar!"

Piglet sueña con dormir

Escrito por Lora Kalkman
Ilustrado por DiCicco Studios

La luna resplandecía sobre el Bosque de los Cien Acres. Piglet se metió a su mullida cama y se arropó con las mantas hasta el cuello. Después cerró los ojos... pero no se durmió.

"Debo estar olvidando algo", razonó Piglet. "Le preguntaré a Winnie. Él sabrá qué puedo hacer para dormir."

"¿Quieres un poquito de miel?", le preguntó Winnie Pooh a Piglet cuando llegó. "La miel es *mi* bocadillo favorito para la hora de dormir."

Piglet comió un poco de miel con Winnie, pero aún no sentía sueño, así que le dio las gracias a Winnie por compartir y luego se dirigió a la casa de Cangu y Rito.

"Entra", dijo Cangu cuando Piglet llegó. Cangu estaba en su mecedora y tenía a Rito en su regazo.

"Hola, Piglet", dijo Rito. "Mamá estaba a punto de cantarme una canción de cuna."

"¡Eso es!", dijo Piglet. "Cantaré una canción de cuna."

Cangu cantó y Piglet la acompañó. En poco tiempo, el pequeño Rito estaba bien dormido. Y aunque a Piglet le gustó la canción, aún no tenía sueño.

Piglet suspiró. "Tal vez Conejo sepa lo que necesito para dormir." Así que el pequeño Piglet salió hacia la casa de Conejo.

Piglet había llegado al ordenado huerto de Conejo cuando escuchó un fuerte *CRASH*. "Tigger, debes dejar de rebotar", lo regañó Conejo.

"Hola, Tigger", dijo Piglet. "Veo que has rebotado sobre Conejo otra vez."

"Lo siento, Orejotas", dijo Tigger. "Pero debo dar mis rebotes nocturnos antes de irme a dormir cada noche."

"¡Eso es!", dijo Piglet. "Necesito dar una caminata nocturna. Quizá es por eso que no puedo dormir."

"Ummf", dijo Conejo. "Los rebotes nocturnos no parecen haberle provocado el menor sueño a Tigger. Simplemente está rebotando como siempre."

Piglet tuvo que admitir que su caminata tampoco le había dado sueño.

"¿Por qué no visitas a Búho?", dijo Conejo. "Con frecuencia bostezas cuando cuenta una de sus largas historias."

"¡Eso es!", dijo Piglet. "Había olvidado mi cuento de las buenas noches, y de seguro Búho puede ayudarme. Gracias, Conejo."

"Buenas noches, Piglet", dijo Búho cuando vio a su amigo. "Es una noche encantadora para mirar las estrellas. ¿Quieres acompañarme?"

"De hecho", dijo Piglet, "creo que necesito un cuento que me ayude a quedarme dormido".

"Ah", dijo Búho. "Por supuesto. Toma uno de mis cuentos, por favor. Ya leí estos libros y te los puedo prestar."

Y entonces, Búho puso una enorme pila de libros grandes y pesados en los brazos de Piglet, que se dirigió a casa para leerlos.

Piglet comenzó a leer, pero no se quedó dormido.

"Espero que Igor esté en casa", dijo. "Tal vez él sepa lo que necesito para quedarme dormido."

Al acercarse a la casa de Igor, Piglet pudo escuchar que estaba contando.

"Disculpa, Igor, pero, ¿qué estás contando?", le preguntó Piglet.

"Estoy contando ovejas", contestó Igor. "Es lo que hago antes de dormir."

"¡Eso es!", dijo Piglet. "Había olvidado contar ovejas. Tal vez por eso no puedo dormir."

"Puedes contar conmigo", dijo Igor. "Aunque no sé si funcionará."

Piglet había contado hasta cuarenta cuando se dio cuenta de que Igor ya estaba dormido.

"Pobre de mí", suspiró Piglet. "¿Qué puede hacer un animalito muy pequeño? Supongo que seguiré despierto para siempre."

Piglet regresó a casa y por el camino pensó en sus amigos. Pensó en la generosidad de Winnie y en la dulce canción de Cangu y Rito. Pensó en los juguetones rebotes de Tigger y el ordenado huerto de Conejo. Pensó en todos los libros de Búho y en las ovejas dormilonas de Igor.

Piglet se metió a la cama. Estaba muy fatigado de tanto pensar y caminar y cantar y charlar, así que se cubrió con las mantas y se quedó profundamente dormido.

Los tiggers rebotan

Escrito por Lora Kalkman
Ilustrado por Dean Kleven

Era una noche preciosa en el Bosque de los Cien Acres. La luna brillaba esplendorosa, y las estrellas destellaban en el cielo.

Winnie Pooh salió a dar un paseo con Conejo, Piglet y Christopher Robin, y todos se detuvieron cerca del árbol de miel favorito de Winnie. “Este es el lugar perfecto para mirar las estrellas”, dijo Christopher Robin, y señaló una estrella especialmente brillante.

En ese momento, se escuchó un sonido alegre por el Bosque y todos se volvieron para mirar a Tigger, que se aproximaba rebotando.

"¿Nunca paras de rebotar?", le preguntó Conejo, porque sus rebotes lo irritaban. Más de una vez, Tigger había rebotado por el ordenado huerto de Conejo y había aplastado sus verduras.

Tigger simplemente sonrió. "Rebotar es lo que los tiggers hacen mejor, ¿saben?"

"Sí, lo sabemos", refunfuñó Conejo.

"¿Los tiggers rebotan por todos lados?", preguntó Piglet.

"¿Y rebotan todo el día?", preguntó Christopher Robin.

"¿Pero cómo rebotan los tiggers?", preguntó Winnie, rascándose la cabeza.

Tigger se rió y dijo: "Es fácil, cuando tu parte de arriba está hecha de goma y tu cola está hecha de resortes." Y para demostrarlo, rebotó a lo alto del árbol de miel.

Los demás estaban impresionados con el rebote de Tigger.

"¿Puedes enseñarnos a hacerlo?", le preguntó Piglet.

"Lo intentaré con mucho gusto", contestó Tigger. Así que trató de enseñarles a sus amigos a rebotar.

Winnie dio un saltito y aterrizó en su suave cola de oso. "No creo que mi cola esté hecha de resortes", dijo.

Conejo, como era un conejo, podía saltar, saltar y saltar. Pero por más que lo intentó, no pudo rebotar tan alto como Tigger.

Piglet, que era un animalito muy pequeño, decidió que necesitaba un poco de ayuda, así que trepó a los hombros de Winnie Pooh y saltó con todas sus fuerzas... para aterrizar en la cabeza de Winnie.

"Oh, cielos", dijo Piglet. Pero a Winnie realmente no le molestó.

Christopher Robin se rió y dijo: "Ninguno de nosotros puede rebotar como tú, Tigger."

"Eso es porque no son tiggers", les dijo Tigger como si fuera algo obvio. "Verán, los tiggers pueden rebotar por todas partes. Rebotan aquí, rebotan allá. Rebotan en la mañana, en la noche y al mediodía. Y a veces, ¡sueñan que rebotan hasta la luna!"

Los ojos de Piglet se abrieron como platos. "¿Hasta la luna?", dijo casi sin aliento. Como era un animal tan pequeño, Piglet no podía imaginar algo así.

"Pero por supuesto, mi buen Piglet", dijo Tigger. "¿No te gustaría ver al hombre de la luna y cantarle una canción? ¿Y rebotar más allá de las nubes, más allá de las estrellas? ¿No te gustaría rebotar así de lejos?"

"Vaya, no sé, Tigger", dijo Piglet. "Echaría de menos a mis amigos."

Tigger pensó en eso. Echaría de menos las búsquedas de miel de Winnie Pooh y Piglet. Extrañaría la risa de Christopher Robin. Incluso echaría de menos a Conejo rezongando cuando su huerto estaba todo rebotado.

"Tienes razón", dijo Tigger. "Supongo que soy feliz rebotando aquí, en el Bosque de los Cien Acres. Sobre todo cerca de tu casa, Orejotas", agregó con un guiño de ojo para Conejo.

Winnie Pooh seguía confundido. "Pero, ¿por qué rebotan tanto los tiggers?", preguntó.

Tigger se detuvo a pensar. Estaba perplejo. Nunca había pensado en eso antes. "*¿Por qué* los tiggers rebotan tanto?", se preguntó.

Y pronto tuvo la respuesta. "Los tiggers rebotan porque son muy divertidos", exclamó.

"Sí, señor. Una cosa maravillosa de los tiggers es que los tiggers son cosas maravillosas. ¡Son muy divertidos!", dijo. "Y cuando estás lleno de diversión, *¡tienes* que rebotar!"

Todos estuvieron de acuerdo en que Tigger *era* muy divertido.

"Sin duda, eso lo explica", dijo Christopher Robin entre risas. "Rebotar es lo que te hace especial."

"Pues gracias, Christopher Robin", dijo Tigger. "Y ahora es el momento de que Tigger rebote a su casa. Tanto rebotar me ha dado sueño. ¡Hasta la vista!"

Y entonces Tigger rebotó a casa, hasta su acogedora y mullida cama.

Recordando a los amigos

Escrito por Amy Adair
Ilustrado por Darrell Baker

Era un hermoso día en el Bosque de los Cien Acres. Era un día perfecto para que Winnie Pooh saliera a visitar a sus muy buenos amigos.

"Iré a visitar a todos mis amigos del Bosque", dijo Winnie, "y les diré 'hola'."

Winnie tarareó una amistosa melodía mientras caminaba hacia la casa de Piglet. Pero en su camino escuchó un zum, zum, zumbido alrededor de él.

"Donde hay abejas hay miel", dijo Winnie. "Mi barriguita me retumba. Quizá me detenga sólo un minuto a comer un poco de miel deliciosa."

Y eso fue justo lo que hizo. Comió y comió hasta que su barriga estuvo muy llena.

"¿Y a dónde iba?", le preguntó Winnie a nadie en particular. "Oh, sí. Iba a la casa de Piglet. Pero, *¿por qué* iba a la casa de Piglet?"

Winnie se rascó la cabeza. "Quizá Piglet pueda ayudarme a recordar por qué", dijo Winnie. "Piglet siempre es muy bueno para recordar."

Winnie continuó alegremente hasta la casa de Piglet.

"¡Holaaa!", gritó Winnie al llegar.

"Buenas tardes", contestó Piglet.

"Vine a visitarte para poder preguntarte acerca de algo muy importante", dijo Winnie Pooh. "Pero no puedo recordar qué era ese algo. Tú siempre has sido muy bueno para recordar cosas, y tal vez puedas ayudarme."

Piglet se sintió muy importante. Quería ayudar a su amigo. "Tal vez debamos ir a buscar ese algo muy importante que olvidaste", le sugirió, porque buscar significaba salir a explorar.

Winnie Pooh pensó que era una espléndida idea, y los dos amigos fueron primero a la casa de Cangu y Rito.

"Hola, queridos", dijo Cangu amablemente.

"Hola, Cangu y Rito", contestó Winnie Pooh. "Piglet está tratando de ayudarme a recordar algo que he olvidado."

"Sí", dijo Piglet. "Ese algo es muy importante. Winnie Pooh vino a visitarme por una razón muy importante, pero no puede recordar qué era ese algo tan, pero tan importante."

"Oh, Winnie", dijo Cangu riendo. "Quizá querías que te prestara una olla para tu miel."

Winnie Pooh se rascó la cabeza. Su gran barriga redonda siempre tenía hambre de un poco de miel deliciosa. Pero estaba seguro de que no era eso lo que había olvidado. Su barriguita nunca le permitiría olvidarse de la miel.

"La miel sería una muy buena razón para visitar a Piglet", dijo finalmente Winnie. "Pero no creo que la miel fuera ese algo tan importante."

Piglet y Winnie Pooh decidieron visitar a Búho. Él siempre parecía tener una respuesta para todo, y esperaban que pudiera ayudarlos.

Winnie y Piglet encontraron a Búho sentado en su mecedora favorita.

"Hola, Búho", dijo Winnie Pooh.

"Hola, Winnie y Piglet", contestó Búho. "Precisamente estaba meciéndome en mi silla y pensando en todos mis amigos y parientes. Uno de ellos..."

"Disculpa, Búho", lo interrumpió Piglet. "Winnie Pooh y yo estamos buscando algo que es muy, pero muy importante."

Winnie había olvidado que estaba intentando recordar algo muy importante.

"Oh, sí", dijo riendo el Oso Winnie. "¿Y qué era lo que queríamos preguntarle a Búho?"

Piglet estaba muy serio. “Winnie vino a visitarme hoy”, explicó, “para decirme algo muy importante. Quizá tú puedas ayudarle a recordar qué era eso tan importante”.

Búho escuchó con atención y luego dijo: “Sí, sí. Estoy bastante interesado en su problema, y he estado leyendo muchos libros acerca de esta cosa, precisamente.” Búho se meció hacia adelante y atrás, pensando intensamente.

Winnie Pooh y Piglet se quedaron muy callados mientras Búho pensaba un poco más. Finalmente, Búho dijo: “Yo sólo he leído de esto en los libros, pero tienes el Nomeolvides de la Barriga Hambrienta.”

“¡Qué terrible!”, dijo Winnie. “Tengo un hambre terrible. Pero quizá si como un poco de miel podré recordar ese algo tan importante.”

Winnie comió y comió, y luego comió un poco más.

“Oh, cielos”, susurró Winnie. “Nunca recordaré ese algo tan importante.” Y caminó arrastrando los pies, tratando de recordar con todas sus fuerzas.

Winnie Pooh y Piglet fueron al puente para tratar de recordar, y luego fueron al Rincón para Pensar de Winnie para que pudiera pensar un poco más.

“Piensa, piensa, piensa. ¿Qué era?”, preguntó Winnie Pooh, un poco para sí y un poco en voz alta. Ahora se sentía bastante mal.

“Nunca lo recordaré”, suspiró. “Ojalá Cangu, Rito y Búho hubieran podido ayudarme.” Y de pronto, gritó: “¡Piglet, lo recuerdo!”

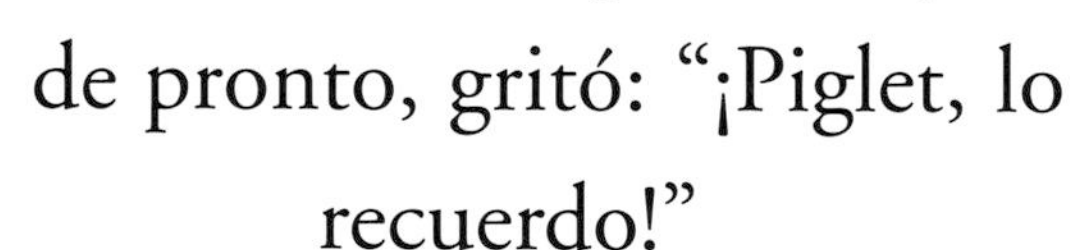

“¿Sí?”, dijo Piglet emocionado. Ansiaba escuchar qué era ese algo tan, pero tan importante.

"Sí", dijo Winnie Pooh, "tú me ayudaste a recordar".

"Lo hice", dijo Piglet con orgullo, porque realmente le gustaba ayudar a sus amigos.

"Cangu, Rito y Búho también me ayudaron", dijo Winnie. "Quería decirles 'hola' a mis amigos especiales."

"¿Y lo hiciste?", le preguntó Piglet.

"Sí", contestó alegremente Winnie. "Todos mis amigos me ayudaron a recordar."

"Deberíamos ir a visitar a nuestros muy buenos amigos y agradecerles que te hayan ayudado a recordar", dijo Piglet.

Y eso fue exactamente lo que hicieron.

Los amigos ayudan

Escrito por Lora Kalkman
Ilustrado por Christopher Moroney

Winnie Pooh estaba jugando con sus amigos Tigger y Christopher Robin. Christopher Robin había sacado su juego de trenes y comenzó a unir la vía.

Justo entonces, su mamá lo llamó. "Enseguida vuelvo", dijo.

"¿Qué hacemos?", preguntó Winnie.

Tigger rebotó por el cuarto. "¡Le ayudaremos! Después de todo, cuando los necesiten y cuando puedan ayudar, los buenos amigos ahí estarán."

Afuera comenzaba a llover y Piglet se dirigía hacia la casa de Christopher Robin. Escuchó el *tap, tap, tap* de la lluvia en su paraguas. Escuchó el *tap, tap, tap* de la lluvia en el suelo. De pronto, escuchó un grito.

"¡Ayúdenme!", dijo una vocecilla. "¡Estoy atrapada en el desagüe!"

Piglet encontró la cañería por la que el agua de lluvia bajaba del techo al suelo. Se asomó dentro y vio a una pequeña araña. Piglet gentilmente la llevó a un lugar seguro.

La araña le dio las gracias, y Piglet dijo: "Cuando los necesiten y cuando puedan ayudar, los buenos amigos ahí estarán."

El día siguiente fue soleado y brillante, y Piglet salió a recoger bellotas, que eran unas de sus golosinas favoritas. Recogió todas las bellotas que habían caído al suelo, pero su saco todavía no estaba lleno.

Había más bellotas en lo alto de un árbol muy grande, pero las ramas estaban demasiado arriba como para que las alcanzara Piglet.

"¿Ahora qué haré?", se preguntó Piglet.

Sin previo aviso, Tigger llegó rebotando. Rebotó muy alto y cortó suficientes bellotas para llenar el saco de Piglet.

"Cuando los necesiten y cuando puedan ayudar, los buenos amigos ahí estarán", dijo Tigger.

Mientras tanto, Winnie Pooh había ido a visitar a Conejo, que ya estaba acostumbrado a sus visitas. Incluso guardaba una olla extra de miel en la alacena especialmente para Winnie.

Como de costumbre, Winnie disfrutó de una pizca de miel, y luego de otra, y otra más.

Conejo trató de decirle a Winnie que saliera por la puerta trasera, pero era demasiado tarde. Winnie se quedó atorado en la puerta principal otra vez.

Conejo salió para ayudarle, y tiró con todas sus fuerzas hasta que Winnie quedó libre.

"¿Cómo puedo agradecértelo, Conejo?", preguntó Winnie.

"No fue nada, Winnie", contestó Conejo. "Cuando los necesiten y cuando puedan ayudar, los buenos amigos ahí estarán."

Más tarde, Cangu y Rito visitaron a Winnie. "Te trajimos unas galletas", dijo Cangu alegremente.

"Se ven deliciosas", dijo Winnie. "Lo único que necesitamos es un poquito de miel para acompañarlas."

Winnie Pooh fue a su alacena, pero su olla de miel no estaba ahí. "Oh, vaya", dijo él. "¿Dónde escondí mi olla extra de miel?"

Winnie se sentó en su silla favorita a pensar. "Piensa, piensa, piensa", dijo.

"Quizá yo pueda ayudar", le ofreció Rito, y pronto encontró la miel bajo la mesa. "Cuando los necesiten y cuando puedan ayudar, los buenos amigos ahí estarán", dijo Rito muy contento.

Esa tarde, Winnie salió a pasear y se detuvo para cortar una bonita flor azul. Winnie acercó la flor a su nariz, y una abeja laboriosa y zumbadora salió zumbando de ahí.

"Hola, abejita", dijo Winnie. "Estaba pensando en cuánta ayuda nos pueden dar los amigos. Hoy, Tigger y yo ayudamos a Christopher Robin a armar su tren. Piglet ayudó a una araña a salir del desagüe. Tigger ayudó a Piglet a recolectar bellotas, y Conejo me ayudó a desatorarme de su puerta. Rito incluso me ayudó a encontrar mi miel."

"Pensándolo bien, las abejas también son amigas que ayudan", dijo Winnie. "Me ayudan al hacer deliciosa miel. Cuando los necesiten y cuando puedan ayudar, los buenos amigos *ahí* estarán."

El cuento favorito

Escrito por Guy Davis
Ilustrado por Dean Kleven

Piglet llegó corriendo a la casa de Winnie Pooh, escurriendo agua porque afuera llovía, y preguntó: "Winnie, ¿me leerías mi cuento favorito?"

"Claro que sí, Piglet", le contestó Winnie.

Como estaba lloviendo, era el día perfecto para acurrucarse con un gran amigo y un buen libro.

Winnie se dirigió hacia el estante de los libros y tomó uno. "¿Qué te parece éste?", le preguntó.

"Oh sí, Winnie. ¡Ese es uno de mis cuentos preferidos!", dijo Piglet con una sonrisa.

Entonces los dos amigos se acurrucaron en un agradable y cómodo sillón. Winnie Pooh abrió el libro y comenzó a contar una historia sobre los dibujos que veía.

"Érase una vez…", dijo Winnie.

Mientras retumbaban los truenos y la lluvia caía afuera, Winnie le contó el cuento a Piglet. Fascinado, Piglet escuchó mientras Winnie le contaba todo acerca de una niñita rubia y de tres osos que la encontraron dormida en su casa.

Cuando acabó de contar el cuento, Winnie Pooh le preguntó a Piglet qué le había parecido.

"Pienso que la niñita aprendió que no se debe entrar sin permiso a la casa de los demás", le contestó Piglet.

"Creo que tienes razón", le dijo Winnie.

"¡Y creo que esos tres osos aprendieron a cerrar sus puertas!", continuó Piglet.

"Tienes razón de nuevo", se rió Winnie Pooh.

"¿Qué tal si me cuentas mi otro cuento favorito?", le sugirió Piglet.

Los dos amigos regresaron al estante de los libros.

"¿Qué te parece éste?", preguntó Winnie Pooh tomando un libro muy grande y muy pesado.

"No, ese libro es demasiado grande", dijo Piglet.

"¿Y éste?", le preguntó Winnie, bajando un libro pequeñísimo.

"No, ese libro es demasiado pequeño", dijo Piglet.

"¿Y qué te parece éste?", le preguntó Winnie, bajando un agradable libro mediano.

"Ese libro es perfecto", dijo Piglet.

Así que los amigos se sentaron en el sillón, y Winnie Pooh comenzó a contarle a Piglet otro cuento sobre unos cerditos que habían construido sus casas.

Winnie Pooh le preguntó a Piglet lo que pensaba del cuento.

"¡Creo que esos cerditos aprendieron a no molestar a un lobo grande y malvado!", dijo Piglet. "¡Un animalito pequeño como yo *nunca* debería molestar a un lobo!"

"Buena idea", admitió Winnie Pooh.

"¡Y aprendí que puedes construir una casa mejor con ladrillos que con ramas o paja!", dijo Piglet.

"Esa es otra buena idea", dijo Winnie con una risita.

"¿Y si me cuentas otro de mis cuentos favoritos?", le pidió Piglet.

"Muy bien", contestó Winnie. De nuevo, los dos amigos regresaron al estante de los libros.

"¿Qué te parece éste?", preguntó Winnie, bajando un libro muy grueso.

"Es demasiado grueso", dijo Piglet.

"¿Y qué tal éste?", le preguntó Winnie, bajando un librito muy delgado.

"No, ese libro es demasiado delgado", dijo Piglet.

"¿Qué te parece éste?", le preguntó Winnie Pooh, bajando un libro ni muy grueso ni muy delgado.

"Sí, ese libro es perfecto", dijo Piglet.

Así que los amigos se acomodaron en su sillón y Winnie Pooh comenzó a contar un cuento más. Piglet escuchó la lectura acerca de un genio en una lámpara mágica.

De nuevo, Winnie le preguntó a Piglet qué pensaba.

"Creo que pedir deseos que se conviertan en realidad es algo muy bueno", dijo Piglet.

"Tienes razón", admitió Winnie.

"¡Yo habría utilizado mi último deseo para pedir más deseos!", dijo Piglet riendo.

"Esa es una buena idea", dijo Winnie.

"¿Y si me lees otro de mis cuentos favoritos, Winnie?", le pidió el pequeño Piglet.

"Está bien", contestó Winnie y, de nuevo, los dos amigos fueron al estante de los libros.

"¿Qué te parece éste?", preguntó Winnie, bajando un libro muy alto.

"No, ese libro es demasiado alto", dijo Piglet.

"¿Y éste?", le preguntó Winnie, bajando un libro diminuto.

"No, ese libro es pequeñísimo", dijo Piglet.

"¿Qué te parece éste?", le preguntó Winnie Pooh, bajando un libro que no era ni alto ni diminuto.

"Sí, ese libro es perfecto", dijo Piglet.

Y así, los dos amigos se acurrucaron en su sillón y hojearon libros juntos el resto de ese día lluvioso.

El más grande temor de Tigger

Escrito por Guy Davis
Ilustrado por los Artistas de Libros de Cuentos de Disney

El Bosque de los Cien Acres era una maravillosa y nevada tierra invernal, ¡y Tigger y Rito estaban listos para jugar!

"¡Salta a mis hombros, amiguito!", dijo Tigger.

"Tengan cuidado", les advirtió Cangu, mientras los dos amigos salían corriendo de la casa. "¡No hagan juegos peligrosos!"

"Sí, mamá", replicó Rito.

Tigger y Rito se detuvieron en el Bosque para una rápida batalla de bolas de nieve. Riendo, esquivaban las bolas de nieve del otro. Después, Rito saltó de nuevo a los hombros de Tigger y se alejaron rebotando, en busca de más aventuras nevadas.

Pasaron sobre un río helado y atravesaron el Bosque para dirigirse a la casa de Winnie. Rito notó que Tigger estaba rebotando más alto que nunca.

"Guaaau, Tigger, nunca antes habías rebotado tan alto", dijo Rito. "Eres muy valiente."

"Umm, supongo que sí", dijo Tigger, sintiéndose nervioso al darse cuenta de lo alto que estaban rebotando.

"¡Mira qué pequeño se ve todo allá abajo!", exclamó Rito. "¡Estamos tan alto como los árboles!"

Al oír eso, Tigger se abrazó a un alto tronco de árbol y se aferró a él con todas sus fuerzas. ¡Eso era demasiado alto como para gustarle!

"¿Pasa algo malo?", le preguntó Rito.

"¡Na-na-nada!", dijo Tigger, aterrado.

Winnie Pooh paseaba allá lejos, abajo.

"¡Holaaa, Tigger! ¡Holaaa, Rito!", gritó Winnie. "¿Qué están haciendo ustedes dos allá arriba?"

"¡Tratando de no caer!", gritó Tigger.

Winnie consideró eso y luego dijo: "¿Y por qué no bajan?"

"¡No pu-puedo! ¡Estoy muy asustado para moverme!", gritó Tigger, abrazando el tronco con más fuerza aún.

Cangu escuchó el alboroto y llegó saltando. "¡Oh, cielos!", exclamó. "¡Sujétate, Rito!"

"¡Estoy bien, mamá, no te preocupes!", dijo Rito, sin soltarse de la cola de Tigger.

"No te columpies en la cola de Tigger", le dijo su mamá.

Christopher Robin, Conejo y Piglet se detuvieron ahí para ver de qué se trataba toda esa algarabía.

"¡Oh, cielos!", dijo Piglet.

"¡Válgame!", intervino Conejo.

"Están locos", agregó Christopher Robin.

"Quizá yo sea un oso de muy poco cerebro, pero, ¿por qué no se deslizan hacia abajo los dos?", dijo Winnie.

Todos los amigos estuvieron de acuerdo en que era una excelente idea. Rito iba primero. "Ahí voy, mamá", gritó.

Rito comenzó a deslizarse, pero el tronco tenía mucho hielo y empezó a resbalar.

"Quizá yo no vaya primero", dijo Rito.

"Bueno, yo no voy a ir primero", gritó Tigger desde su lugar más arriba en el árbol.

"Esto no servirá", dijo Christopher Robin, tratando de tener una idea, rápido.

Christopher Robin se quitó su chaqueta y les dijo a todos sus amigos que la sujetaran y tiraran de ella para estirarla.

"Hemos hecho una red para ustedes, Rito", dijo Christopher Robin. "¡Salten y los pescaremos!"

Rito miró nerviosamente hacia abajo.

"Puedes hacerlo, Rito", lo animó Cangu.

"¡Ahí voy!", gritó Rito, y saltó de su pértiga. Cayó directo hacia abajo y aterrizó a salvo en la chaqueta.

Cangu le dio un gran abrazo al pequeño Rito.

"¡Guaaau, eso fue divertido!", exclamó Rito. "¿Puedo hacerlo otra vez? ¿Sí, mamá?"

Cangu le sonrió a Rito y dijo: "Hoy no, cariño."

"¿Y qué pasa con Tigger?", preguntó Piglet.

Tigger miró hacia abajo desde su alto puesto en el aire.

"Vamos, Tigger, es tu turno", dijo Christopher Robin. Y todos estiraron la chaqueta para hacer de nuevo una red.

"¡No!", replicó Tigger, abrazando con fuerza el árbol.

"¡Puedes hacerlo, Tigger!", gritó Conejo.

"Vamos, Tigger", agregó Rito. "¡Yo lo hice!"

"¡No!", dijo Tigger, haciendo señas a sus amigos para que se fueran.

"Oh-oh", dijo Tigger al darse cuenta de que ya no se estaba sujetando del árbol.

"¡Todos, sosténganlo con fuerza!", dijo Winnie mientras Tigger caía y caía, y aterrizaba a salvo en la chaqueta con un fuerte *¡CATAPLÚN!*

"*¡Nunca* volverá a rebotar tan alto!", dijo Conejo, feliz de que su amigo estuviera a salvo.

Cuidado con las abejas

Escrito por Kate Hannigan
Ilustrado por DiCicco Studios

Era un día esplendoroso en el Bosque de los Cien Acres, y Winnie Pooh salió a pasear. Winnie siempre llevaba un bocadillo para el caso de que le diera hambre, y muy pronto sintió mucha hambre.

"Es hora de un poco de miel deliciosa", cantaba Winnie Pooh para sí mismo. Pero cuando miró su olla, ¡descubrió que estaba vacía!

Entonces, Winnie se fijó en unas laboriosas abejas que zumbaban por ahí. De su colmena goteaba miel dorada. Winnie chasqueó sus labios y trató de alcanzar la miel en el árbol. Entonces trastabilló, tropezó y cayó del tronco.

"¡Winnie!", exclamó Piglet. "¿Qué haces acostado en el suelo?"

El Oso Winnie estaba feliz de ver a su buen amigo Piglet. Quizá él pudiera ayudarle a conseguir la miel de ese árbol tan alto.

Los amigos hablaron y hablaron y trataron de elaborar un plan. Piglet notó que las abejas hacían un buen trabajo volando hasta el árbol.

"Si yo pudiera volar hasta allá como las abejas", dijo Piglet, "podría traerte la miel, Oso Winnie".

Winnie pensó que era una gran idea, así que colocaron una tabla sobre el tronco y Winnie saltó en un extremo. ¡Piglet salió volando por los aires, como una abeja!

"Parece que a las abejas no les gusta verme volar, ni un poquito", dijo Piglet.

Las abejas salieron zumbando de la colmena y comenzaron a perseguir a Piglet y al Oso Winnie por el Bosque de los Cien Acres.

Igor escuchó la conmoción y le preguntó a Winnie si podía ayudarlo. "No creo que pueda volar", dijo Igor, "pero puedo ahuyentarlas abanicando mi cola".

Winnie tampoco pensaba que Igor pudiera volar, así que se sentó y se rascó la cabeza. Era hora de pensar, pensar y pensar un poco más.

Pero mientras más pensaba el Oso Winnie, más retumbaba su barriga.

"¡Ajá!", exclamó Winnie, porque tenía una idea: arrullaría a las abejas con un tarareo para que se durmieran. Les dijo a sus amigos que a las abejas les encantaban los tarareos.

"Se parece mucho a zumbar, sólo que es diferente", dijo. "Cuando estén dormidas, ¡conseguiré un poquito de miel!"

Piglet e Igor dijeron que era una idea maravillosa.

"Me parece", dijo Igor, "que todos deberían arrullarse de vez en cuando".

Winnie Pooh le dio vueltas al árbol, tarareando la canción de cuna más dulce que conocía. Pero en cuanto terminó, sintió cosquillas en la nariz.

¡Aaa-chú! El estornudo de Winnie despertó a las abejas, que salieron zumbando de su colmena, para perseguir al pobre Osito.

Winnie, Piglet e Igor saltaron a los arbustos para esconderse de las abejas furiosas.

"Creo que no querían dormir una siesta", dijo Winnie.

Los amigos se sentaron lo más quietos que pudieron y escucharon a las abejas. Al poco rato, el Bosque de los Cien Acres estaba de nuevo en silencio.

"Fíu", dijo Piglet. "¡Por poco nos alcanzan!"

De pronto, los amigos escucharon otro sonido. No era un *buzz, buzz, buzz,* sino más bien un *boing, boing, boing.*

"¡Ey, muchachos!", gritó una voz en lo alto, entre los árboles.

¡Era Tigger!

Su amigo estaba ocupado rebotando de un lado a otro por el Bosque de los Cien Acres.

El Oso Winnie le contó a Tigger acerca del árbol de miel, y le dijo cómo Igor había tratado de ahuyentar a las abejas y cómo Piglet había tratado de volar hasta la miel.

"Los tiggers no pueden volar, ¿saben?", dijo Tigger. "¡Pero podemos saltar muy alto! ¡Y voy a rebotar esa miel fuera de ahí, Winnie, muchacho!"

Con la olla de miel de Winnie bajo el brazo, Tigger rebotó alrededor del árbol, asegurándose de que no hubiera abejas a la vista.

"A los tiggers no les gustan las abejas, ¿sabes?", le gritó a Winnie.

Las abejas se habían ido, así que Tigger fue llenando de miel la olla de Winnie. Sus patas se pusieron pegajosas, pero siguió sacando miel del árbol hasta que la olla estuvo llena hasta el tope.

Tigger agregó las últimas gotas y se limpió la miel de las patas. "¡Bluaj!", exclamó. "¡No me gusta nada la miel!"

Tigger sabía que su amigo tenía hambre y necesitaba su bocadillo de la tarde, así que rebotó hasta Winnie Pooh y le entregó la olla rebosante de miel dorada y viscosa.

"¡Aquí tienes, Winnie, muchacho!", dijo Tigger.

Winnie estaba feliz de ver que su olla, que antes estaba vacía, ahora estaba llena, y le dio las gracias a Tigger por su rebotante ayuda.

"Ay, bueno", dijo Tigger. "¡Rebotar es lo que los tiggers hacen mejor!"

Winnie también les agradeció su ayuda a Igor y a Piglet.

"¡Ahora vemos que cuando se trata de conseguir miel fresca, debemos tener cuidado con las abejas!", dijo Winnie.

Mientras sus amigos reían juntos, el Oso Winnie se sentó al pie del árbol y por fin logró disfrutar un poquito de algo dulce.

MIEL

Dulces sueños

Escrito por Guy Davis
Ilustrado por Dean Kleven

Una luna dorada brillaba sobre el Bosque de los Cien Acres, mientras Winnie Pooh y sus amigos se preparaban para ir a dormir. Había sido otro día lleno de diversión y amigos, y todos tenían sueño.

Winnie se lavó la cara y se puso su pijama. Después, se metió a la cama y se arropó con las mantas. Muy pronto estaba profundamente dormido.

Al poco rato, Winnie Pooh comenzó a soñar con su cosa favorita en todo el mundo: miel. ¡Sin duda eran dulces sueños!

Winnie sonreía dormido mientras soñaba con gigantescas ollas rebosantes de deliciosa miel dorada. Sin importar cuánto comiera, a las ollas nunca se les terminaba la miel.

"Mmmm, otra pizca de miel le sabría muy bien a mi barriguita", murmuraba Winnie. Y toda la noche soñó con un banquete interminable.

En su cama, Piglet tenía un sueño diferente. Soñaba que había ganado una carrera.

"Para un animalito tan pequeño como yo, ganar una carrera es algo grande, por cierto", pensó Piglet en sueños. Imaginaba que Tigger y Winnie celebraban con él.

"¡Hip, hip, hurra!", gritaban sus amigos, lanzando a Piglet al aire. Piglet sonreía feliz y somnoliento por su victoria.

Y en su casa, Tigger también estaba sonriendo en sueños. Soñaba que estaba en un concurso de rebotes.

"¡Bienvenidos al primer concurso de rebotes del Bosque de los Cien Acres!", anunciaba Christopher Robin. "¡Vamos, vengan todos! ¿Quién será el que rebote más alto?"

"¡Uu-ju-juu!", gritó Tigger, mientras rebotaba arriba y abajo. Piglet y Rito también rebotaron con él, pero ninguno pudo rebotar tan alto como Tigger.

"¡Y en este acto declaro a Tigger ganador del concurso de rebotes!", dijo Christopher Robin.

Todos aclamaron a Tigger a gritos y le lanzaron confeti y globos.

"Gracias, muchas gracias", murmuraba Tigger en sueños. "¡Rebotar es lo que los tiggers hacen mejor!"

En su lugar, Igor también tenía un excelente sueño.

Por desgracia, su sueño no había empezado tan bien. ¡Igor soñaba que había perdido su cola de nuevo!

"¿Dónde está tu cola?", le preguntó Winnie Pooh.

"¿Otra vez se perdió? Estaba justo detrás de mí", replicó Igor.

"No te preocupes, Igor", dijo Christopher Robin. "¡La encontraremos!"

Así que Christopher Robin y Winnie reunieron a sus amigos para que les ayudaran a encontrar la cola de Igor. Gustosos de ayudar, todos comenzaron a buscar por el Bosque.

Conejo buscó en su huerto, mientras Winnie y Tigger buscaban entre los árboles.

"¡La encontré!", gritó Conejo, colocando rápidamente la cola sobre un feliz Igor.

"¿Dónde estaba?", preguntó Igor.

"Estaba precisamente aquí, en tu casa", dijo Conejo. "Se te debe haber caído cuando dormías."

Y hablando de Conejo, él también estaba roncando alegremente. Arropado en su mullida cama, Conejo soñaba con limpiar su pulcra casa de arriba abajo.

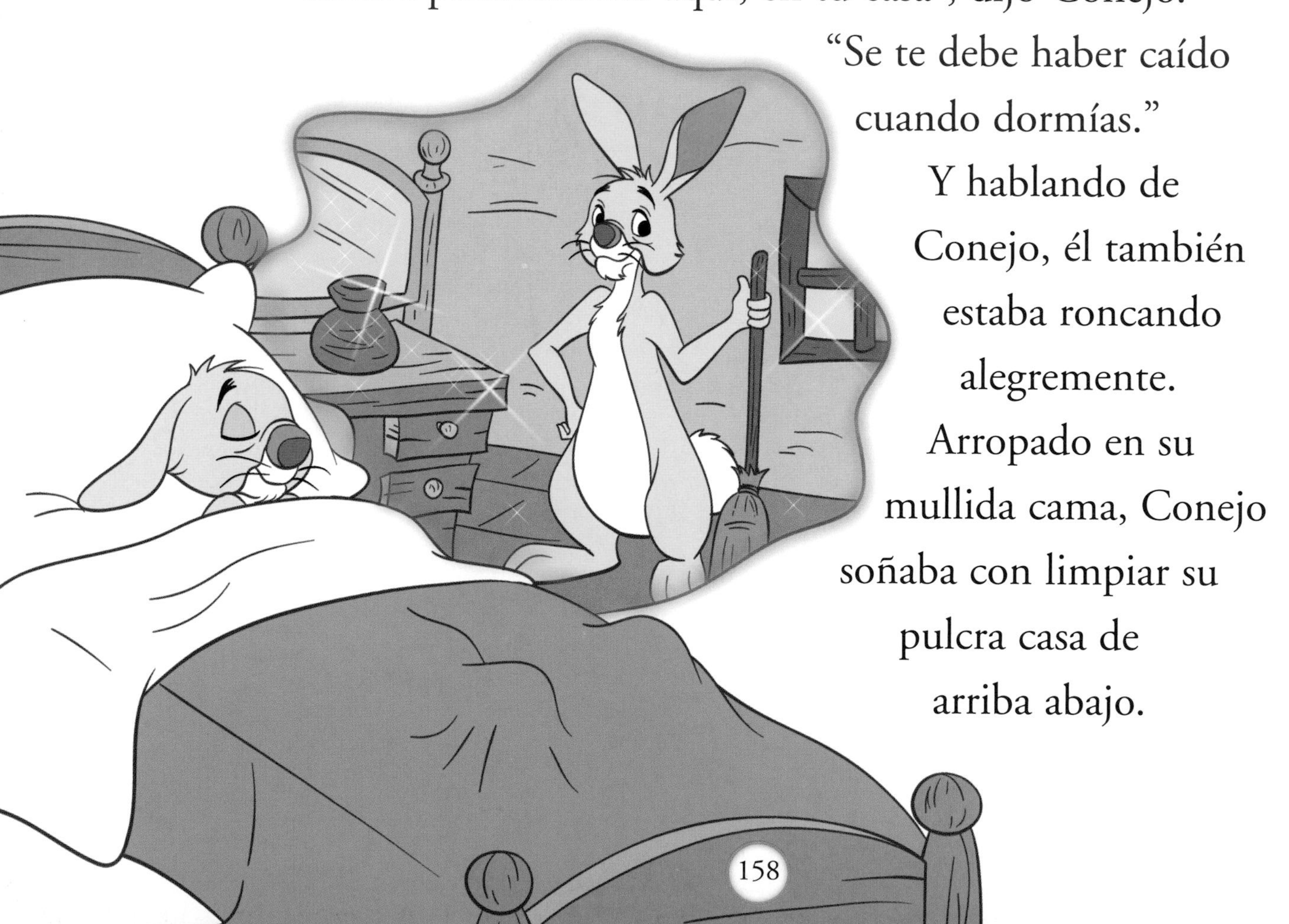

A Conejo le encantaba tener una casa limpia. En su sueño, imaginaba que los pisos, las mesas y las ventanas relucían de tan limpios.

Búho también estaba feliz cuando las cosas eran limpias y claras. En su sueño, Búho imaginaba que acababa de encontrar un nuevo montón de libros para leer. "Y digo, viejo amigo, eres un tipo afortunado por encontrar esos libros", murmuraba Búho en su sueño, sonriendo ante su buena suerte.

En su casa, Winnie siguió teniendo felices sueños toda la noche. Al igual que Búho y sus demás amigos, ¡Winnie sabía que los sueños sí se volvían realidad!

Fin